歷代全集叢刊/張印棟主編

歐陽文忠公全集十八種附一種

（第八册）

（宋）歐陽修 撰

河南人民出版社

奏議卷第一　　歐陽文忠公集

諫院

論按察官吏劄子慶曆三年

臣伏見天下官吏貟數極多朝廷無由徧知其賢愚善惡審官三班吏（一作二）部等處又只主（一作具）差除月日人之能否都不可知諸路轉運使等除有贓吏自敗者臨時舉行外亦別無按察官吏之術致使年老病患者或懦弱不材者或貪殘害物者此等之人布在州縣並無黜陟因循積弊冗（一作官）濫者多使天下州縣不治者十有八九今兵戎未息賦役方煩百姓

嗷嗷瘠瘦未復捄其疾苦擇吏爲先臣今欲乞特立按察之法於内外朝官中自三丞以上至郎官中選强幹廉明者爲諸路按察使自來雖差安撫使緣管他事不專按察今請令進奏院各録一州官吏姓名爲空行簿以授之使至州縣遍見官吏其公廉才幹明著實狀及老病不才顯有不治之迹者皆以朱書於姓名之下其中才之人别無奇效亦不至贜敗者則以墨書之又有雖是常材能專長於一事亦以朱書别之使還具奏則朝廷可以坐見天下官吏賢愚善惡不遺一人然後别議黜陟之法如此足以澄清

天下年歲之間可望致治只勞朝廷精選二十許人充使別無難行之事取進止

論乞詔諭陝西將官（一作臣）劄子　同前

臣風聞昊賊今次人來辭意極不遜順所請之事必難盡從事既不成則元昊必須作過朝廷須合先為禦備竊慮沿邊將帥見西人入朝惟（一作準）望通好便生懈怠萬一西賊驟出忽兵擊吾弛惰則立見敗事乞速詔邊臣密諭與西賊辭未遜順必不通和之意各使先知絕其顧望早為準備庶不敗事仍慮邊將謂（一作料）朝廷此時議雖未合若後次更來必須和好

因此便無討賊之志仍乞便因詔諭示以激厲之言去朝廷以昊賊罪大意在討除今不許其和好者蓋以外有爾輩在邊必望破賊成功之意使其不生退心臣見唐武宗英武之主所任宰相李德裕最號有材當時用兵征伐指揮將帥處置事宜動以詔書約束勸厲故終成功業國家用兵以來未聞以賞罰號令激動人心使其竭力者此最宜留意取進止

論元昊來人請不賜御筵劄子 同前

臣竊知昊賊所遣來人將欲到闕風聞管勾使臣須索排備比一作次第甚廣及聞纔至欲賜御筵管領臣

知昊賊此來意極不遜，臣料朝廷必欲要其臣服，方許通和。若欲如此，則便須有以挫之，方能抑其驕慢，庶可商量。今若便於禮數之間過加優厚，則彼必以（一作謂）我為怯，知我可欺，議論之間，何由屈折？若果能得其臣順（一作能得其心），則待議定之後，稍加禮數（一作待），亦未為遲。仍須杜漸防微，常為挫抑之計，豈可一事未成，先虧國體。其元昊一行來人，伏乞凡事減勒，無令曲加優厚。若因此得其抑挫而臣伏，則吾計無失；如其必不臣伏，則免至虛虧事分。取進止。

論楊察請終喪制乞不奪情劄子 慶曆二年

臣近見丁憂人茹孝標居父之喪來入京邑奔走權貴營求起復已為御史所彈又聞新及第進士南宮覲聞母之喪匿不行服得官娶婦然後徐歸見在法寺議罪孝標官為太常博士覲在場屋粗有名稱此二人猶如此則愚俗無知違禮犯義者何可勝數矣蓋由朝廷素不以名教獎勵天下而禮法一隳風俗大壞竊以風化之本由上而下伏見起復龍圖閣待制楊察累有章奏乞終母喪而朝旨未允夫臣子之行惟孝與忠察以文中高科官列近侍而能率勵頹俗以身為先陛下宜曲賜褒嘉遂成其志使遷善化

俗自察而始豈可不通人情膠執舊弊推禄利之小惠廢人臣之大節臣謂近侍奪情本非一作以軍國之急不過循舊例示推恩而已今察以節行自高志在忠孝知貪冒禄利爲可恥若朝廷抑奪其情使其於身不得成美行而於毋有罔極之恨豈足謂之推恩乎方今愚俗無知違犯禮義至使繫獄訟嚴刑罰而不能禁止脫有一人欲守名教而全忠孝以勵天下者又爲朝廷不許則風俗之弊其咎安在伏乞早降恩旨許其終喪不獨成察之志亦以爲朝廷之美取進止

論韓琦范仲淹乞賜召對事劄子 同前

臣伏見自西鄙用兵以來，陛下聖心憂念，每有臣寮言及西事，必皆傾心聽納。今韓琦、范仲淹久在陜西，備諳邊事，是朝廷親信委任之人，況二臣才識不類常人，其所見所言之事不同常式言事者，陛下最宜加意訪問。自二人到闕以來，只是逐日與兩府隨例上殿，呈奏尋常公事外，有機宜大處置事，並未聞有所建明，陛下亦未曾特賜召對，從容訪問。況今西事未和，邊陲必有警急，兼風聞北虜見在涼甸與大臣議事，外邊人心憂恐。伏望陛下因無事之時，出御便殿特召琦等從容訪問使其盡陳西邊事宜合如何處置今琦等數年在外一旦歸朝必有所陳但陛下未賜召問此二人亦不敢自請獨見至如兩府大臣每有邊防急事或令非時召見聚議或各令互述所見或只召一兩人對見商量此乃帝王常事祖宗之朝並亦如此不必拘守常例也取進旨

論罷鄭戩四路都部署劄子 同前

臣伏覩勅除鄭戩知永興軍仍兼陝西都部署自聞此命外人議論皆以爲非在臣思之實亦未便竊以兵之勝負全由處置如何臣見用兵以來累次更改

或四路都置部署或分而各領一方乍合乍離各有利害惟夏竦往年所任鄭戩今日之權失策最多請試條列臣聞古之善用將者先問能將幾何今而不復問戩能將幾何直以關中數十州之廣蓄漢十萬之兵沿邊二三千里之事盡以委之此其失者一也或曰戩雖名都部署而諸路自各有將又其大事不令專制而必稟朝廷假如邊將有大事先稟於戩又稟於朝廷朝廷議定下戩戩始下於沿邊只此一端自可敗事其失二也今大事既不專若小事又不由戩則部署一職止是虛名若小事一一問戩則

路去永興皆數百里其寨栅遠者千餘里使戩一一處分合宜尚有遲緩之失萬一耳目不及處置失宜則爲害不細其失三也若大小事都不由戩而但使帶其權豈有數十州之廣數十萬之兵二三千里之邊事作一虚名使爲無權之大將若知戩可用則推心用之若知不可用則善罷之豈可盡關中之大設爲虚名而以不誠待人其失四也今都部署名統四路而諸將事無大小不禀可行則四路偏裨各見其將不由都帥則上下相効皆欲自專其失五也今都部署是大將反不得節制四路而逐路是都帥部將

却得專制一方，則委任之意大小乖殊，軍法難行，名體不順，其失六也。若知職果不可大用，但不敢直罷其職，則是大臣顧人情避已怨，如此作事，何以弭息人言，其失七也。料朝廷忽有此命，必因韓琦等近自西來有此擘畫。琦等身在邊陲，曾爲將帥，豈可如此失計。臣今欲乞令兩府之臣明議四路不當置都部署利害。其鄭戩既不可内居永興而遥制四路，則乞落其虚名，只令坐鎮長安，撫民臨政，以爲關中之重，其任所繫亦大。而使四路各責其將，則事一作體名皆順，處置合宜。今取進止。

論凌景陽三人不宜與館職奏狀 慶曆五年

右臣今日竊聞凌景陽召試館職，外議皆以爲非。臣聞聖王之以風化勵天下，不能家至户到，但進一善人則天下勸，退一不肖則天下懼，用功至簡，其益極多。苟賞罰之過差，繫朝廷之得失。伏況國家自祖宗以來崇建館閣，本以優待賢材，至於侍從之臣、宰輔之器，皆從此出，其選非輕。如凌景陽者，粗親文學，本實凡庸，近又聞與在京酒店户孫氏結婚，推此一節，其他可知，物論喧然，共以爲醜，此豈足以當國家優待賢材之選？又聞夏有章、魏廷堅等亦皆得旨將試館職此二人者皆有贓污著在刑書此尤不可玷辱朝化其凌景陽今已就試乞不與館職有章廷堅乞更不召試竊以累年以來風教廢壞士無廉耻之節官多冒濫之稱當其積習因循則不以爲恠如欲澄清治化則宜革此風臣謂黜此三人則天下士人當脩名節臣職在諫諍忝司耳目採是非之公論合具密陳見選任之非人皆當論列謹具狀奏聞伏候勅旨景陽轉一官知和州有章廷堅罷試景陽集賢晏公舉有章故相陳公舉廷堅兩制連狀舉

論按察官吏第二狀同前

右臣近曾上言爲天下官吏冗濫者多乞遣使分行

按察昨日竊覩降勑下諸路轉運使司令兼按察使竊以轉運使自合察舉本部官吏今若特置使名更加約束則於常行之制頗爲得宜必欲救弊於時則未盡善且臣初乞差按察使者蓋欲朝廷精選强明之士竊聞朝議（一作廷）以所選非人故不遣使今所委轉運使豈盡得人乎其間昏老病患者有之懦弱不材者有之貪贓失職者有之此等之人自當被劾豈可更令按察其間縱有材能之吏又以幹運財賦有米鹽之繁供給軍須有星火之急旣不暇遍走州縣專心察視則稽遲鹵莽不得無之故臣謂轉運使兼

按察使不材者既不能舉職材者又不暇盡心徒見空文恐無實効在於事體不若專遣使人伏自兵興累年天下困弊飢荒疲瘵既無力以賑救調斂科率又無由而減省徒有愛民之意絕無施惠之方若但能逐去冗官不令貪暴選用良吏各使撫綏惟此一事及民最切苟可爲人之利何憚選使之勞況自近年累遣安撫豈於今日頓以爲難今必恐三丞至郎中內難得其人即乞且依前後安撫於侍從臣寮及臺官館職中選差十數人小處路分兼察兩路其侍從臣寮仍各令自辟判官分行採訪用臣前來起請

事件施行其轉運兼按察使若能精選其人亦乞著令為今後常行之制臣伏思從來臣寮非不言事朝廷非不施行患在但著空文不責實効故改更雖數號令雖煩上下因循了無所益今必欲日新求治革弊救時則須在力行方能濟務臣所言者生民之急（一有務字）也天下之利也不徒略行一二分以塞言責而已伏望留意詳擇謹具狀奏聞伏候勅旨

再論按察官吏狀（同前）

右臣自初忝諫官於第一次上殿日首曾建言方今天下凋殘公私困急全由官吏冗濫者多乞朝廷選

差按察使糾舉年老病患贓污不材四色之人以行澄汰仍具陳按察之法條目甚詳如臣之議蓋欲使使者四出而天下悚然知朝廷有賞善罰惡之意然後按文責實甚惡者黜有善者升中材之人盡使警勵凡臣所言者乃所以救民急病革數（一作四）十年蠹弊之事若非遭逢聖主鋭意求治之時上下力行之不可也柰何議者憚於作事惟樂因循秖命諸路轉運使就兼其職命出之日外論皆謂諸路之中貪贓如魏兼老病如陳杲織惡如錢延年庸常齪齪如表抗張可久之輩盡爲轉運使皆自是可黜之人必不

能舉職臣亦再具論奏其議格而不行按察空名今
遂寢廢生民蠧病日益可哀伏見陛下聖德日新憂
心庶政近發手詔督勵宰輔然天下之事積弊已多
如治乱絲未知頭緒欲事事更改則力未能周而煩
擾難行欲漸漸整頓則困弊已極而未見速効臣謂
如欲用功少爲利博及民速於事切則莫若精選明
幹朝臣十許人分行天下盡籍官吏能否而升黜之
如臣前所陳者而後可臣聞治天下者如農夫之治
田不可一槩也蒿萊蕪穢久荒之地必先力加墾闢
芟除待其成田然後以時耘耨冗濫之官蕪穢天下

久矣必先力行澄汰待其百職粗治然後精選有司常令糾舉今特遣之使如久荒而芟闢也轉運兼按察乃以時之耘耨者耳寬猛疾徐各有所宜也漢時刺舉唐世黜陟使考課使之類歲歲遣出祖宗朝亦有考課院蓋按察升黜古今常法非是難行之異事也方今言事者多以高論見棄或以有害難行如臣所言只是選十餘人明幹朝臣察視官吏善惡灼然有迹易見者著之簿籍朝廷詳之黜其甚者耳臣自謂於論不爲甚高（爲甚高三字一作迂）行之有利無害然尚慮議者未以爲然謹條陳冗官利害六事以明利博効

速而可行不疑伏望聖慈特賜裁擇如有可採乞早施行

一曰去冗官則民之科率十分減九

臣伏見兵興以來公私困弊者不惟賦斂繁重全由官吏爲姦每或科率一物則貪殘之吏先於百姓而刻剥老繆之吏恣其群下之誅求朝廷得其一分姦吏取其十倍民之重困其害在斯今若去此四色冗官代以循良之吏事隨便宜絶去搔擾使民專供朝廷實數科率免却州縣分外誅求故臣謂於民力十分減九也比於

别圖减省細碎無益者其利博矣

二曰不材之人爲害深於贓吏

國家之法除贓吏因民告發者乃行之其他不材之人大者壞州小者壞縣皆明知而不問臣謂凡贓吏多是强黠之人所取在於豪富或不及貧弱不材之人不能馭下雖其一身不能乞取而恣其群下（下字一作不逞）共行誅剥更無貧富皆被其殃爲害至深縱而不問故臣尤欲盡取老病繆懦者與贓吏一例黜之

三曰内外一體若外官不澄則朝廷無由致治

今朝廷雖有號令之善者降出外方若落四色冗官之手則或施設乖方不如朝廷本意反爲民害或稽滯廢失全不施行而又無糺舉弃一作多作空文若外邊去却冗官盡得良吏則朝廷所下之令雖有乖錯彼亦自能回改或執奏更易終不至爲大害是民之得失不獨上賴朝廷全繫官吏善惡以此而言冗官豈可不去

四曰去冗官則吏員清簡差遣通流

今天下官有定員而入仕之人無定數既不黜陟冒濫者多差遣不行賢愚同滯每有一闕衆

人爭之（一作競爭）爭得者無廉恥之風不得者騰怨嗟之口濫官之弊近古無之今若擇四色冗官去之則待闕之人可無怨滯

五曰去冗官則中材之人可使勸懼今天下官吏豈必盡是不材蓋爲朝廷本無黜陟善惡不分今若見國家責實求治逐一（求治逐一四字一作是求）人人精別則中材之人皆自勉強不敢因循雖有貪殘亦須斂手

六曰去冗官則不過朞月民受其賜方今朝廷雖有愛（一作憂）念疲民之意然上下困

乏必未有餘力廣惠及民若但去冗官則民受速賜蓋臣常見外處州縣每一繆官替去一能者代之不過數日民已歌謡今若盡去冗濫之吏而以能吏代之不過朞月民即（一作必）受賜此臣所謂及民速於事切者也

論禁止無名子傷毀近臣狀（同前）

右臣竊見前年宋庠等出外之時京師先有無名子詩一首傳於中外尋而庠罷政事近又風聞外有小人欲中傷三司使王堯臣者復作無名子詩一篇略聞其一兩句臣自聞此詩日夕疑駭深思事理不可

不言伏以陛下視聽聰明外邊事無小大無不知者竊恐此詩流傳漸廣須達聖聰臣忝爲陛下耳目之官不欲小人浮謗之言上惑天聽合先論列以杜姦讒況自兵興累年繼以災旱民財困竭國帑空虛天下安危繫於財用虛實三司之職其任非輕近自姚仲孫罷去之後朝廷以積年蠹弊貧虛窘乏之三司付與堯臣仰其辦事乃是陛下委信責成之日堯臣多方展効之時臣備見從前任人率多顧惜祿位寧可敗事於國不肯當怨於身如堯臣者領職以來未及一月自副使以下不才者悉請換易足見其不避

嫌怨不徇人情竭力救時以身當事今若下容讒間上不主張則不惟材智之臣無由展効亦恐忠義之士自茲解體臣恐作詩者（者字一作之人）雖不知其姓名竊慮在朝之臣有名位與堯臣相類者嫉其任用故欲中傷只知爭進於一時不思沮國之大計伏自陛下罷去呂夷簡夏竦之後進用韓琦范仲淹以來天下欣然皆賀聖德君子既蒙進用小人自恐道消故共（一作只）喧然務騰讒口欲惑君聽欲沮好人不早絶之恐終敗事況今三司盡弊已深四方匱乏已極堯臣必須大有更張方能集事未容展効已被謗言臣近

日已聞浮議紛然去堯臣更易官吏專權侵政今又造此詩語搖惑群情若不止之則今後陛下無以使人忠臣無由事主讒言罔極自古所患若一啓其漸則扇惑群小動搖大臣貽患朝廷何所不至伏望特降詔書戒勵臣下敢有造作言語誣搆陰私者一切禁之及有轉相傳誦則必推究其所來重行朝典所貴禁止讒巧保全善人謹具狀奏聞伏候勅旨勅出賞錢官爵購捉是時上欲更改朝政小人不便造作言語動搖及勅牓出自此遂絶

奏議卷第一

論按察官吏劄子　進奏院（一作官）才幹（一作勤幹）

乞詔諭陝西將官劄子　乞速詔（此上一有臣欲二字）

論元昊來人請不賜御筵劄子　及聞（一作又聞）廢可（一作乃可）

論韓琦范仲淹乞賜召對劄子　並亦如此（亦字下一有許字）

論罷鄭戩四路都部署劄子　止是虛名（一作虛名可廢）千餘里（一作千里）及

論凌景陽三人不宜館職奏狀　玷辱（此上一有以字）

論按察官吏第二狀　更令按察（四字一作劾人）材者又（一作有材者又）不徒署行（徒一作但行一作言）

再論按察官吏狀　蓋欲（一作本欲）甚惡（一作其惡）有善（一作其善）華

歎華字上一有登字空名一作空文代以循此上一有而字豪富此下一有之家字猶三四色此下一有此字稽滯一作留滯替去此下一有得字數目一作數用即受賜一作受其賜

慶曆二年公爲挍理嘗上書引李希烈事乞免富弼使虜見蘇文忠公所作富公神道碑而書逸

歐陽文忠公集九十八

奏議卷第二

諫院

論沂州軍賊王倫事宜劄子 慶曆三年

臣近聞沂州軍賊王倫等殺却忠佐朱進打刼沂密海楊泗楚等州邀呼官吏公取器甲横行淮海如履無人比至高郵軍已及二三百人皆面刺天降聖捷指揮字號其王倫仍衣黄衫據其所爲豈是常賊驟聞可駭深思可憂臣竊見自古國家禍亂皆因兵革先興而盜賊繼起遂至横流後漢隋唐之事可以爲鑒國家自初兵興必知須有盜賊便合先事爲備而

謀國之臣昧於先見，致近年盜賊縱橫，不能撲滅。未形之事雖或有所不及，已兆之患豈可因循不爲？臣遍思天下州軍無一處有備，假令王倫等周遊江海之上，驅集罪人，徒衆漸多，南越閩廣而斷大嶺，西走巴峽以窺兩蜀，所在空然，誰能禦之一作制禦？若不多爲方略，竊恐未可剪除。而朝廷之臣尚若常事，不過差一兩人使臣領兵捕捉，此外更無處置。竊以去患宜速，防禍在微，伏望陛下深懼禍端，督責宰輔，早爲擘畫，速務剪除。臣亦有短見數事，謹具條列，以裨萬一。

一、乞訪尋被殺朱進或有兒男，便與一官，令其捕

賊以復父讎仍許令乘驛隨逐（一作處）指射兵士
隨行

一竊知王倫在沂密間只有四五十人及至高郵已二三百人皆是平民被其驅脅欲乞除軍賊不赦外特赦驅脅之人先與安慰其家各令家人以書招諭有能殺軍賊脫身自歸者等第重與酬賞可使自相疑貳壞散黨徒

一竊慮江淮諸處先有賊盜漸與王倫合勢則黨徒轉熾卒難剪滅欲乞指揮募諸處未獲盜賊有能謀殺軍賊者亦等第重行酬獎可使賊心

自疑徒黨難集

一乞出榜招募諸處下第舉人及山林隱士負犯流落之人有能以身入賊筭殺首領及設計誤賊陷於可敗之地者重與酬奬所貴兇黨懷疑不肯招延無賴之人以爲謀主

一竊見朝廷雖差使臣領兵追捕而兇賊已遍劫江淮深慮趕趁一作追趕不及徒黨漸多欲乞特差中使馳騎先計會沿江淮諸路州軍會合巡檢縣尉預先等截續發禁兵隨後追逐所貴不至走透

右臣所陳五事，伏乞詳擇施行外，有先被王倫脅從人等首身者百餘人，其中有當與酬賞及合行分配者，乞早賜施行，用安反側。謹具狀奏聞。

論王舉正范仲淹等劄子　慶曆三年

臣伏見朝廷擢用韓琦、范仲淹爲樞密副使，萬口懽呼，皆謂陛下得人矣。然韓琦禀性忠鯁，遇事不避，若在樞府，必能舉職，不須更藉仲淹。如仲淹者，素有大材，天下之人皆許其有宰輔之業。外議皆謂在朝之臣忌仲淹材名者甚衆，陛下既能不惑衆說，出於獨斷而用之，是深知其可用矣，可惜不令（一有居字）大用。蓋樞府只掌兵戎中書乃是天下根本萬事無不總治伏望陛下且令韓琦佐樞府移仲淹於中書使得參預大政況今參知政事王舉正最號不才久居柄用柔懦不能曉事緘默無所建明且可罷之以避賢路或未欲罷亦可且令與仲淹對換當今四方多事二虜交侵正是急於用人之際凡不堪大用者去之乃叶天下公論不必待其作過亦不須俟其自退也況若令與仲淹對換則於舉正不離兩府全無所損伏望陛下思國家安危大計不必顧惜不材之人使妨占賢路如允臣所請即乞留中特出聖斷指揮或尚

未欲施行即乞降付中書令舉正自量材業優劣何如仲淹若實不如即須自求引避以副中外公議取進止

論趙振不可將兵劄子 同前

臣風聞河東近日累奏事宜探得昊賊點集兵馬伏緣昨來張延壽議和之際尚有朝廷未許事節深慮狂賊因忿出兵即三路邊防皆合設備伏見河東都部署明鎬雖是材臣未諳戰陣副部署趙振人品庸劣全不知兵只是好交結沽買聲譽所以不因功業擢至將帥前在延州遂致敗誤雖行責降不及朞年

却授兵權全無報効其人少壯尚不堪用今又年老
病患全然不堪戰鬬一旦臨事必誤國家臣聞將者
國之司命今陛下安危之機繫於將帥而河東一路
無一戰將只有趙振老病一人而已細思此事大可
寒心苟有誤事憂在朝廷其趙振伏乞速下本路體
量如或實老病不任即乞罷歸散秩别委將臣竊以
河東一路兵馬極多豈是蓄養病將之處西北二虜
爲患如此亦非趙振可當若使臨事敗誤悔恐不及
伏望聖慈深思大計無惜一老病敗事之人取進止

再論王倫事宜劄子 同前

臣竊見近日四方盜賊漸多兇鋒漸熾撲滅漸難皆由國家素無禦備官吏不畏賞罰臣謂夷狄者皮膚之患尚可治盜賊者腹心之疾深可憂而朝廷弛緩終未留意每遇有一火賊則臨事驚駭倉皇旋發兵馬終不思經久禦賊之計只如王倫者今若幸而剪撲則其殺害人民爲患已廣如更未能剪撲使其據城邑則患禍不細矣臣數日前已有奏論只是條列招捉王倫一火事宜至如池州解州南京鄧州諸處强賊甚多今後亦須禁絶其端不可更令頻有臣欲乞陛下特勑兩府大臣議定經制臣亦有短見數事

備列如後

一臣竊見（一作知）王倫所過楚泰等州知縣縣尉巡檢等並不鬬敵卻赴王倫茶酒致被奪卻衣甲蓋由法令不峻無所畏禀官吏見（一作知）朝廷寬仁必不深罪而賊黨兇虐時下可懼寧是畏賊不畏朝法臣今欲乞凡王倫所過州縣奪卻衣甲處官吏並與追官勒停其巡檢仍先除名令白身從軍自効候賊破日卻議敘用仍令後用此爲例

一外處知州本號郡將都監監押只管在城巡檢

若賊入城不能擒捕，則設之何用。臣欲乞應有不能禦備致賊人入城打劫，不尋時鬬敵致全火走透者，知州亦特勒停，都監、監押除名，白身從軍自効，能獲賊則議叙用。

一、臣見諸處有賊，多是自京師別差使臣兵馬捉殺，則本地分元置都監、廵檢、縣尉等設之何用。每有些小賊盜不獲，又無深責，稍似強賊則別差人捉殺，如此可以推避因循。臣欲乞若朝廷別差人捉獲，則本地分廵檢、縣尉仍坐全不獲賊之罪，及從初不切收補，致走透他處及潰散後別地分巡檢縣尉捉獲者，元出賊處官吏不得與破全火批書。

一、竊見諸處縣尉多是新及第少年儒生，怯懦，往往不能捉賊，虛令陷罪。臣今欲乞下銓司詳議選擇縣尉之格，以武勇人材堪充者充，仍重定賞罰之法。其（一作以）見今有新及第少年怯懦者，委諸路按察使先次舉奏替換。

一、臣竊見自來所差巡檢兵士多不能捕賊，反與州縣爲患。臣今欲乞自朝廷選募使臣，令使臣自選募兵卒，不拘廂禁軍，令所在州軍指名抽

射仍重立賞罰之法

論蘇紳姦邪不宜侍從劄子 同前

臣昨日竊聞勅除太常博士馬端爲監察御史中外聞之莫不驚駭端爲性險巧本非正人往年常發其母陰事母坐杖脊端爲人子不能以禮法防其家陷其母於過惡又不能容隱使母被刑理合蒙羞負恨終身不齒官聯豈可更爲天子法官臣不知朝廷何故如此用人縱使天下全無好人亦當虚此一位不可使端居之況剛明方正之士不少臣求其故蓋是從初不合令蘇紳舉人紳之姦邪天下共惡視正人

端士一作端人正士如仇讎，惟與小人氣類相合，宜其所舉如此也。端之醜惡，人誰不知，而紳一作組敢欺罔朝廷者，獨謂陛下不知耳。此一事尚敢欺罔一作惑人主，其餘讒毀忠良，以是爲非之說，其可信乎？其馬端伏乞追寢成命，蘇紳受詔舉此醜惡之人，罔上欺下，亦乞坐此黜外任，不可更令爲人主侍從。取進止。

論乞令百官議事劄子 同前

臣伏見祖宗時，猶用漢唐之法，凡有軍國大事及大刑獄一作不決，皆集百官參議，蓋聖人慎於臨事，不敢專任獨見，欲採天下公論，擇其所長，以助不逮之意也。

方今朝廷議事之體與祖宗之意相背每有大事祕不使人知之惟小事可以自決者却送兩制定議兩制知非急務故忽略拖延動經年歲其中時有一兩事體大者亦與小事一例忽之至於大事祕而不宣此尤不便當處事之始雖侍從之列（一作例）皆不與聞已行之後事須彰布縱有乖誤却欲論列則追之不及況外廷百官疏遠者雖欲有言陛下豈得而用哉所以兵興數年西北二方累有事宜處置多繆者皆由大臣自無謀慮而杜塞衆見也臣今欲乞凡有軍國大事度外廷須知而不可祕密者如北虜去年有

請合從與不合從西戎今歲求和當許與不當許凡如此事之類皆下百官廷議隨其所見同異各令署狀而陛下擇其長者而行之不惟慎重大事廣採衆見兼又於庶官寒賤疏遠人中時因議論可見其高材敏識者國家得以用之若百官都無所長則自用廟堂之議至於小事並乞只令兩府自定其錢穀合要見本末則召三司官吏至兩府討尋供析而使大臣自擇至於禮法亦可召禮官法官詢問如此則事之大小各得其體如允臣所請且乞將西戎請和一事先集百官廷議取進止

論諫院宜知外事劄子 同前

臣竊聞近日爲軍賊王倫事江淮州軍頻有奏報朝廷不欲人知召進奏官等於樞密院責狀不令漏泄指揮甚嚴不知此事出於聖旨或只是兩府大臣意欲如此以臣料之爲近日言賊事者多朝廷欲人不知以塞言路耳臣謂方今多事之際雖有獨見之明尚須博採善謀以求衆助豈可聾瞽羣聽杜塞人口況朝廷處事未必盡能合宜臣下獻忠未必全無可採至如王倫驅殺士民攻劫州縣江淮之上千里驚擾事已若斯何由掩蓋當今列辟之士極有憂國之

人欲為人主獻言，常患聞事不的。況臺諫之官尤（一作元）是本職，凡有論列，貴在事初，善則開端，惡則杜漸，言於未發，庶易回改。今事無大小，常患後時，或號令已行，或事迹已布，縱欲論救，多不能及。若更祕密不使聞知，則言事之臣何由獻說？臣今欲乞指揮進奏院，凡有事非實封者，不須祕密。臣因此更有起請事件，畫一如後：

一、竊見御史臺見有進奏官逐日專供報狀，欲乞依御史臺例，選差進奏官一人，凡有外方奏事及朝廷詔令除改，並限當日內報諫院。

一竊見唐制諫臣爲供奉之官常在天子仗內朝廷密議皆得聞之今雖未曾恢復舊制欲乞凡遇朝廷有大處置四方奏報事非常程及諫官風聞事未得實者並許詣兩府請問庶知審實得以論列

右件二事如允臣所請乞降指揮施行取進止

論河北守備事宜劄子 同前

臣伏見朝廷方遣使與西賊議通和之約近日竊聞邊臣頻得北界文字來問西夏約和了與未了苟實如此事深可憂臣以謂天下之患不在西戎而在北

虜縱使無此文字，終須貽患朝廷。契丹通好僅四十年，無有纖介之隙，而輒萌姦計，妄有請求。竊以戎狄貪惏，性同犬彘，遇強則伏，見弱便欺。見我無謀，動皆屈就，謂我爲弱，知我可一作易欺，故添以金繒，未滿其志，更邀名分，抑使必從。無事而來，尚猶如此，若更因西事，攬以爲功，別有過求，將何塞請？此天下之人無愚與智，共爲朝廷寒心者也。今若果有文字來督通和之事，則臣謂醜虜狂計，其迹已萌，不和則詰我違言，既和則論功責報，不出年歲，恐須動作。苟難曲就，必至交兵，堇於選將練師，既難卒辦，禦戎制勝，當在機先一有然字臣竊惟在朝之臣尚偷安靜自河以北絶無處置因循弛慢誰復挂心豈可待虜使在廷寇兵壓境然後計無所出空務張皇而已哉今國家必謂兩意雖乖尚牽盟誓邊防處置未敢張皇以臣思之莫若精選材臣付與邊郡使其各圖禦備密務修完此最爲得也況今邊防處置百事乖方惟有擇人最爲首務今北邊要害州軍不過十有餘處於文武臣寮中選擇十餘人不爲難得各以一州付之使其各得便宜如理家事完城壘訓兵戎習山川蓄糧食凡百自辦不煩朝廷經度以兹預備尚可枝梧至如鎮

定一路最爲要害。張存昔在延州，以不了事罷去，今乃委以鎮府。王克基凡庸輕巧，非將臣之材，而任定州。其餘州郡，多匪其人。臣欲乞陛下特詔兩府大臣，取見在邊郡守臣可以禦敵捍城、訓兵待戰者留之，其餘中常之材不堪邊任者，悉行換易。若一有使字秋風漸勁，虜釁一作隙有端，陛下試思邊鄙之臣誰堪力戰，朝廷之將誰可出師？當臣初授諫職之時，見朝廷進退大臣，陛下鋭意求治，必謂群臣自此震懾，百事自此脩舉，西北二事最爲大者，自當處置，不待人言。及就職以來，已數十日，而政令之出，漸循舊弊，惟言事之臣拾遺補闕者勉強施行其一二至如講大利害正大紀綱外制四夷內紓百姓凡廟堂帷幄之謀未有一事施行於外者臣忝司諫諍豈敢不言伏望陛下不忘社稷之深耻無使夷狄之交侵駿發天威督勵臣下仍伏（一作乞）詢問兩府大臣西鄙和與不和能保契丹別無辭說否苟有所說能以廟謀奇筭沮止之否苟無謀以止之則練兵選將備邊待寇賊至而後圖能不敗事否臣願陛下勿謂去歲六符之來可以賄解今而有請則事難從矣勿謂累年西賊爲患習以爲常若此事一動則天下搖矣臣所言者社稷

之大計也。願陛下留意而行之。取進止。

論軍中選將劄子 同前

臣伏見國家自西鄙用兵，累經敗失，京師勁卒多在征行，禁衛諸軍全然寡少，又無將帥以備爪牙。方今爲國計者，但務外憂夷狄，專意邊陲，殊不思根本内虚，朝廷勢弱，萬一有事一作事有萬一，無以枝梧。今軍帥暗懦非其人，禁兵驕惰不可用，此朝廷自以爲患，不待臣言而可知也。臣亦歷考前世有國之君，多於無事之際恃安忘危，備患不謹，使禍起倉卒而至敗亡者有矣，然未有於用兵之時而反忘武備如今日者。兵法曰將者民之司命國家安危之主也今外以李昭亮王克基輩當契丹内以曹琮李用和等衛天子如當今之事勢而以民之司命國之安危繫此數人安得不取笑四夷遭其輕侮臣謂去歲北虜忽興狂悖今年元昊妄有請求若使朝廷有一二人中材之將叩頭効死奮身請戰誓雪君耻少增國威則戎狄未敢侵陵朝廷未至屈辱奈何自中及外都無一人既無可恃以力爭遂至甘心於自弱夫天下至廣遂無一人者非真無人也但求之不勤不至耳臣伏思自用兵以來朝廷求將之法不過命近臣舉朝士换武

官及選試班行方略等人而已近臣所舉不過俗吏材幹之士班行所選乃是弓馬一夫之勇至於方略之人尤爲乖濫試中者僅堪借職縣尉參軍齋挽而已於此求將而欲捍當今之患此所以困天下而敗於（一作取侮）夷狄者也臣不知朝廷以此數事爲求將之術果是乎果非乎以爲是則所得何人知其非則盍思改革又不知朝廷以將爲易得乎爲難得乎爲易得則數歲未見一人知其難得則當多方用意早思求擇俟其臨患何可得乎伏望陛下特詔兩府大臣別議求將之法盡去循常之格以求非常之人苟非

不次以用人難弭當今之大患臣亦嘗有愚見久欲條陳若必講求庶可參用臣伏見唐及五代至乎國朝征伐四方立功行陣其間名將多出軍卒只如西鄙用兵以來武將稍可稱者往往出於軍中臣故謂只於軍中自可求將試略言求將之法謹條如左

凡求將之法先取近下禁軍至廂軍中年少有力者不拘等級一作伙因其伎同者每百人團爲一隊而教之較其伎精而最勇者百人之中必有一人矣得之以爲隊將此一人伎勇實能服其百人矣以爲百人之將可也合十隊將而又

教之較其伎精而最勇者十人之中必有一人矣得之以爲裨將此一人之伎勇實能服其千人矣以爲千人之將可也合十裨將而又教之夫伎勇出千人之上而難爲勝矣則當擇一作較其有識見知變通者十人之中必有一人矣得之以爲大將此一人之伎勇乃萬人之選而又粗知變通因擇智謀之佐以輔之以爲萬人之將可也幸而有伎勇不足而材識出乎萬人之外者此不世之奇將非常格之所求也臣所謂只於軍中自可求將者此也誠能如此得五七

萬兵隨而又得萬人之將五七人下至千人百人之將皆自足然後別立軍名而爲階級之制每萬人爲一軍以備宿衛有事則行師出征無事則坐威天下比夫以豐衣厚禄養驕惰無用之卒而遞遷次補至于校帥皆是凡愚暗懦之人得失相萬矣若臣之説果可施行俟成一軍則代舊禁兵萬人散出之使就食于外新置之兵便制其始稍增舊給不一作勿使太優常役其力不令驕惰比及新兵成立舊兵出盡則京師減冗費得精兵此之爲利又遠矣

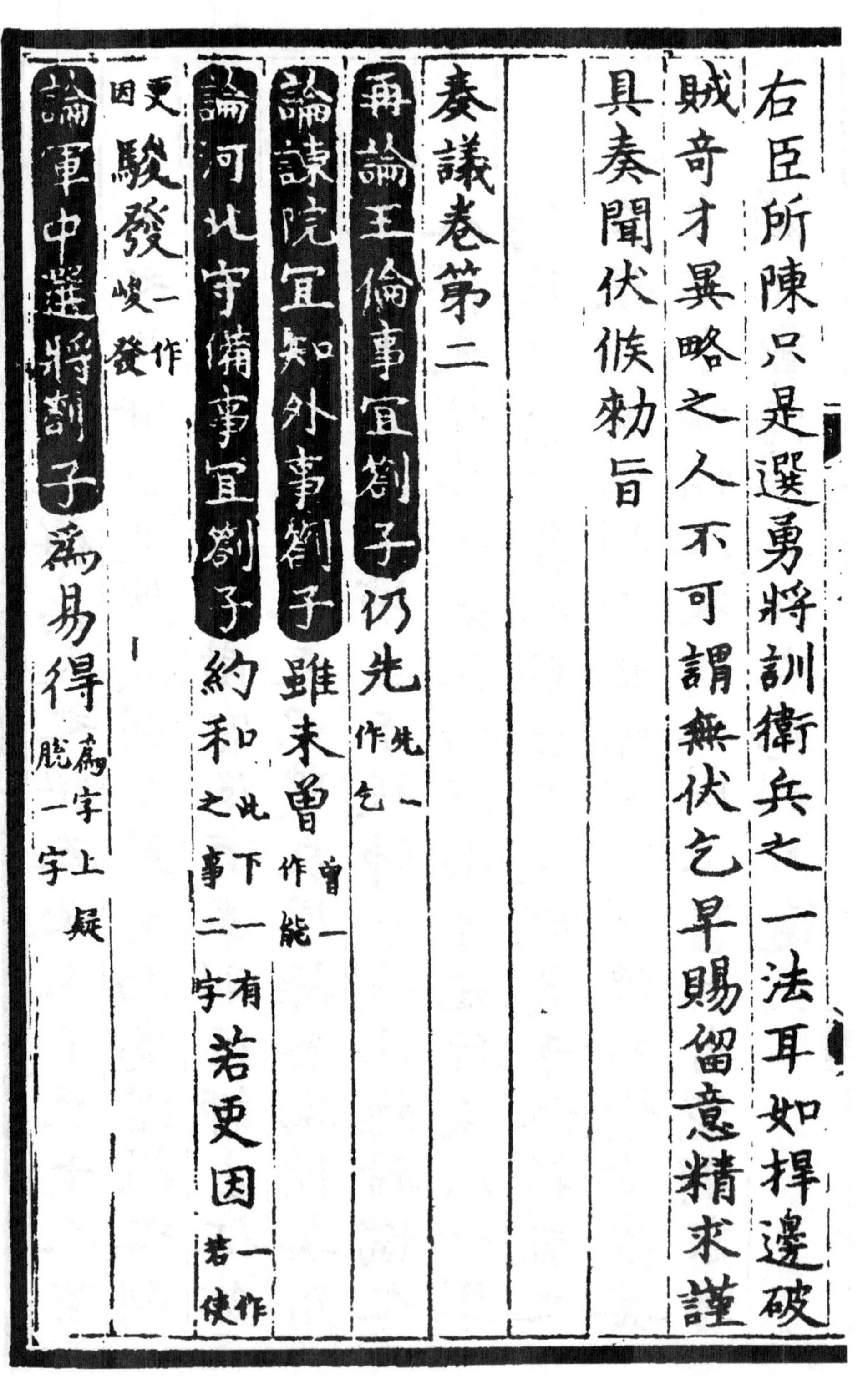

右臣所陳只是選勇將訓衛兵之一法耳如捍邊破賊奇才異略之人不可謂無伏乞早賜留意精求謹具奏聞伏候敕旨

奏議卷第二

再論王倫事宜劄子 仍先（先一作乞）

論諫院宜知外事劄子 雖未曾（曾一作能）

論河北守備事宜劄子 約和（此下一有之事二字）若更因（一作若使更因）駿發（一作峻發）

論軍中選將劄子 爲易得（爲字上疑脫一字）

奏議卷第三　　歐陽文忠公集九十九

諫院

論郭承祐不可將兵狀 慶曆三年

右臣伏聞朝旨用郭承祐爲鎮定部署，臣自聞此除改，夙夜思惟（一作竊見朝廷以郭承祐爲鎮定路總管，事關利害，臣職當言），國家用兵已五六年，未有纖毫所得，挫盡朝廷威勢，困却天下生靈。細（一作深）思厥由，其失安在？患在朝廷拘守常例，不肯越次擇材，心知小（一作非）人，付以重（一作要）任，後雖敗事，亦終不悔。今每有除擬（一作差不當）差人，或問於大臣，則曰雖知非材，捨此別無人（一有矣字）。甚者欲塞人言則必曰爾試別思更有誰可用乎（一作者）臣亦常聞此言每退而歎息夫所謂別無人者豈是天下真無人乎蓋不力（一作肯）求之耳今不肯勞心（一無二字）選（一作揀）擇越（一作不）次而用（一有而字）但守常循例輕用小人寧誤大計一誤不（一作一）悔後又復然至如葛懷敏頃在西邊天下皆知其不可當時議者但曰捨懷敏（一有則字）別未有人難爲換易（一無此四字）及其戰敗身亡橫尸原野懷敏既不復生亦須別求（一作須有）別人用臣謂（二字一作且）今日任（一作用）承祐亦猶當時用懷敏也況如（一無如字）承祐者凡庸（一無三字）奴隸之才不及懷敏遠甚頃在澶州只

令[一有營字]築[一有州字]城幾至生變豈可當此一路[一作道]臣謂朝廷[一作天下]非不知承祐非才議者不過曰例當敘進別更無人此乃因循之説爾方今黠[一作醜]虜狂謀禍端已兆中外之士[一無二字]見國家輕忽戎患弛武北方人皆獻言願早爲備忽見如此除改誰不驚憂前者劉六符之[一作暫]來[一有便使二字]朝廷忍恥就議蓋爲河朔無可自[一作無可素]恃難與速[一作力]爭須至屈意苟和少寬禍患今幸得此自紓之計所宜多方汲汲[一無二字]精意[一作選]將臣先爲禦[一作預]備猶恐不及豈是因循守例輕任[一作用]小人之日也[一無也字]其郭承祐欲乞早

移與一不用兵處知州或召還別與一閑慢職秩若欲録其勤（一作勳）舊優其戚里之恩閑官厚禄足可養之不必須令居此要任伏願陛下深思大計不憚改為則天下幸甚取進止

論元昊來人不可令朝臣管伴劄子　同前

臣風（一作竊）聞朝旨（一作廷）欲以殿中丞任顓管領元昊遣來一行人等（一本此十字只作管待西人）臣竊知元昊此來全無好意（一無此四字）不（一作未）肯稱臣（一有又字）索物太多其志不小（一作少）乃是欲以強相迫脅爾（一無此九字）朝廷既（一作必）不能從則待其來人凡事不可過分至於禮數厚

薄賜與多少雖云小事不足較量然於事體之間所
繫者大凡兵交之使來入一無入字大國必須窺伺將相
勇怯覘察國家強弱若一作如見朝廷威怒未息一作回
事勢一作意未削則必內憂斬戮次恐拘留一本此十二字只作
莫測必有斬使出交之懼拘日在館之憂使其偶得生歸自爲大幸則我
弱形未露壯論可持今若便損國威過加厚禮先爲
自弱長彼驕心使其知我可欺則議論愈一作論事恐益難
合矣必若成就其事尤須鎮重爲先況其議必不成
可惜空損事體前次元昊來人至少朝廷只差一作以
一班行一有人字待之今來漸多遂差朝士若其後次一無

次字來者漸一作更盛則必須差近侍矣是彼一本彼字作令賊轉自強我轉自弱一有矣字況聞邵良佐昨來往彼僅免屈辱而還則彼雖戎一作夷狄不謂無謀今其來人必須極騁強辭以圖相勝若能一無能字先薄其禮以折之亦挫賊一作廟謀之一端也其元昊來人欲乞更不差官管領送置驛中不須急問一本其字下共一字止作宜罷館待而比於前次更可減損至於監視饋犒一作館待傳道語言一了一作餘事班行足一作可矣臣料今國家若不能曲從其意即一本無此十字雖尊寵一無寵字來人厚加禮遇一本人字下四字作而不從其請則元昊不免出兵一無此二字攻寇一有邊鄙字逞一作肆彼忿心等

是不和何必自戲事（一作國）體不若急脩（一作速嚴）邊備以圖勝算（一作廟勝）取進上（三字一作惟陛下仍意）

論元昊不可稱吾祖劄子（同前）

臣伏見如定等來西賊欲稱吾祖纔聞朝議已不許之今日風聞議却未定不知虛的深切驚憂且吾祖兩字是何等語便當拒絕理在不疑安有未定之説哉夫吾者我也祖者俗所謂翁也今匹夫臣廝尚不肯妄呼人爲父若欲許其稱此號則今後詔書須呼吾祖是欲使朝廷呼蕃賊爲我翁矣不知何人敢開此口且蕃賊撰此名號之時故欲侮戳中國而已今

若得其稱臣，則此二字尤須論辨。今自元昊已下名稱官號，皆用夷狄，若蕃語兀卒華言吾祖，則今賊中每事自用夷禮，安得惟於此號獨用華言而不稱兀卒？且彼於我稱臣而使我呼爲祖，於禮非便，故當以此折之可也。朝廷自有西事以來，處置乖方，取笑於人者多矣，未有如此一事最可笑也。竊慮小人妄有議論，伏乞拒而不聽。取進止。

論乞廷議元昊通和事狀 同前

右臣近有奏論，今後軍國大事不須祕密，請集百官廷議。近聞以上一作伏見元昊再遣使人將至闕下一無下字和之與否決在此行竊計廟謀合思成筭臣謂此最大事也天下安危繫之今公卿士大夫愛君憂國者人人各爲陛下深思極（一作遠）慮惟恐廟堂之失策遂落夷狄之姦謀衆口去去（一作紛紛）各有論議一曰天下困矣不和則力不能支必屈就之可以紓患一曰羌夷險詐雖和而不敢罷兵則與不和無異是空包（一作抱）屈就之羞全無紓患之實一曰自屈志（一無此三字）講和之後（一有不過欲字）退而休息練兵訓卒（一作訓兵選將）以爲後圖然此亦必不能者只以河朔（一有料字）之事可知蓋慮纔和之後便忘發憤因循弛廢（一作廢弛）爲患轉深一曰縱

使元昊復（一作稱）臣（一有而字）西邊戍費不弛武備不忘後圖然猶有大可憂者北戎將（一作必）攬通和之事以爲已功過有邀求遂興兵革是暫息小患於關西復生大患於河北臣忝爲耳目之官見國有大事旁採外（一作衆）論所聞如此異同然大抵皆謂就和則難不和則易不和則害少和則害多然臣又不知朝廷之意其議云何臣見漢唐故事（一有祖宗舊制）大事必須廷（一作集）議蓋以朝廷示廣大不欲自狹謀臣思公共不敢自強故舉事多藏衆心皆服伏思國家自兵興以來常秘大事初欲隱藏護惜不使人知及其處置乖違豈

能掩蔽臣謂莫若採大公之議收衆善之謀待其都無所長（四字一作所言無可採）自用廟謀（一有因亦）未晚其元昊請和一事伏乞（二字一作請）於使人未至之前（一有先字）集百官廷議臣只自朝夕以來諸處詢訪已聞衆說如此若使並集於廷各陳所見必有長策以裨萬一（一有惟陛下裁幸無下九字）謹具狀奏聞伏候勅旨

論西賊議和利害狀（同前）

右臣伏自（一作見）如定等到京以來竊聞朝議不許賊稱吾祖必欲令其稱臣然後許和此乃國家大計廟堂得策蓋由陛下至聖至明不苟目前之事能慮鄉

去之憂斷自宸衷決定大議然數日來風聞頗有無識之人妄陳愚見不思遠患欲急就和臣雖知必不能上惑聖聰然亦慮萬一少生疑沮則必壞已成之計臣職在言責理合辨明伏自西賊請和以來衆議頗有異同多謂朝廷若許賊不稱臣則慮北戎別索中國名分此誠大患然臣猶謂縱使賊肯稱臣則北戎尚有邀功責報之患是臣與不臣皆有後害如不得已則臣而通好猶勝不臣然於後患不免也此有識之士憂國之人所以不願急和者也今若不許通和不過懼賊來寇耳且數年西兵遭賊而敗非是賊

能善戰，蓋由我自繆謀。今如遣范仲淹處置邊防，稍不失所（一有則字），賊之勝負尚未可知。以彼驕兵當吾整旅，使我因而獲勝，則善不可加；但得兩不相傷，亦已（一作足）挫賊銳氣；縱仲淹不幸小敗，亦所失不至如前後之繆謀（一作戰）。是此於通和之後別有大患，則所損猶少。此善算之士見遠之人，所以知不和害小，而不懼未和也。臣謂方今不羞屈志急欲就和者，其人有五：一曰不忠於陛下者欲急和，二曰無識之人欲急和，三曰姦邪之人欲急和，四曰疲兵懦將欲急和，五曰陝西之民欲急和。自用兵以來，居廟堂者勞於斡運在邊鄙者勞於戎事若有避此勤勞苟欲陛下屈節就和而自偷目下安逸他時後患任陛下獨當此臣所謂不忠之臣欲急和者也和而偷安利在目下和後大患伏而未發此臣所謂無識之人欲急和者也自兵興以來陛下憂勤庶政今小人但欲苟和之後寬陛下以太平無事而望聖心怠於庶政（一作因事）欲進其邪佞惑亂聰明大抵古今人主憂勤小人所不願也此臣所謂姦邪之人欲急和也屢敗之軍不知得人則勝但謂賊來常敗此臣所謂懦將疲兵欲急和也此四者皆不足聽也惟西民困乏意必望和

請因宣撫使告以朝廷非不欲和而賊未遜順之意，然後深戒有司寬其力役可也。其餘一切小人無識之論，伏望聖慈絶而不聽，使大議不沮而善算有成，則社稷之福也。謹具狀奏聞，伏候敕旨。

論乞不遣張子奭使元昊劄子 同前

臣竊聞昊賊來人議論數日，全無遜順之意，朝廷又欲遣張子奭復往賊中，仍聞且只（一有令字）在延州伺候賊意，待其來迎，方敢前進。不知果有如此議否？若實有之，大爲不便。臣謂方今兩議未決，正是各争名分之時，尤不可自虧事體。元昊既見朝廷議論不合，必料邊防須爲準備其僞以好辭來迎子奭使我望和而少弛然後不意以出一作出不虞以攻子奭或被拘留或遭虐害以爲中國萬世之辱則悔何及焉雖不如此使子奭端坐延州不來省問欲歸則又慮來迎久待則寂然無報進退不得何耻如之蓋元昊已與中國三次商量必知難合子奭之往又別無議論未盡之事彼必一有必字不急求相見則於臣二說慮有一焉臣不知朝廷以昊賊爲可臣乎不可乎若有可臣則自當以重兵壓境仍選忠厚知謀之士直入賊中說令臣伏如其不可則何必遣人或但欲遷延歲月不拒絶

之則只當因如定之回賜以甘言許其厚賂諭以若能遜順則使通意邊臣俟得其實然後定議乃是未絶其來之意也不可令天子使臣待賊命而進退萬一遷其拒絶或被拘執則於事無益空損國威爲今計者不若速遣范仲淹嚴備邊境徐放如定等還當自爲謀以求勝筭取進止

論乞不受吕紹寧所進羨餘錢劄子 同前

臣風聞轉運使吕紹寧纔至淮南便進見錢十萬貫不知是（果一作）否臣見兵興以來天下困弊者非獨備邊之費半由官吏壞之今三司自爲闕錢累於東南

剗刷及以穀帛回易則南方庫藏豈有剩錢閭里編民必無藏鏹故淮甸近歲號爲錢荒不知紹寧纔至淮南用何術於何處得此錢以進若將官庫錢上進則逐州合使錢處甚多必致闕乏若於民間科率則人力豈任且十萬緡錢國家得之所益至微外處取之爲害不細往年李定王遠一作達董皆刻剝疲民進奉至今南方嗟怨況今年江淮王倫大三字一作諸路自驚劫後繼以蝗旱爲孽民間困窮尤要撫存而紹寧欺罔朝廷妄有進獻伏乞特降指揮下別路選募一精强官將淮南一路見管錢帛磨勘大數取見紹寧所

進何處得來苟該欺妄乞賜重行朝典其所進錢伏乞聖慈拒而不受以彰朝廷均卹外方防禦姦吏刻剥之意取進止

論孫抃不可使契丹劄子慶曆三年

臣伏見差孫抃等充契丹人使臣謂朝廷新遭契丹侮慢陵辱之後必能發憤每事挂心凡在機宜合慎措置及見抃等被選乃知忘忽憂患依舊因循今西賊議和事連北虜中間屢牒邊郡來問西事了與未了今專使到彼必先問及應對之際動關利害一言苟失爲患非輕豈可四人之中令抃先往抃本蜀人

語音訛謬，又其爲性靜默自安，軍國之謀未嘗與議，凡關機事多不諳詳。臣聞古者遣使最號難才，不受以辭，許其專對，蓋取其臨事而敏，應卒（一作變）無窮。今扞既不可預教以言，則將何以應卒？苟一疎脫，取笑四夷。其孫扞欲乞不令出使，或恐中書不能逆扞人情，尚執（一作守）前議，即乞別令一人言語分明、稍知朝廷事者先往，貴不誤事。且醜虜君臣頗爲強黠，中國常落其計，不可不知。今欲雪前恥，雖知未能，其如後患，豈可不慮。伏望聖慈早令兩府別議。取進止。

論范仲淹宣慰陝西劄子（同前）

臣風聞如定等不久放還竊緣此來議論必未諧和須慮驕賊猖狂忿兵攻寇凡關邊備正要枝梧伏覩朝旨已差范仲淹田況等爲宣撫使今日風聞韓琦以仲淹已作參政欲自請行不知是否以臣愚見不若且遣仲淹速去琦與仲淹皆是國家委任之臣材識俱堪信用然仲淹於陝西軍民恩信尤爲衆所推伏今若仲淹外捍寇兵而琦居中應副必能共濟大事庶免後艱若陛下以新用仲淹責其展効則且令了此一事俟邊防稍定不兩三月自可還朝既先弭於外虞可漸修於闕政今邊事是目下之急不可遲

緩以失事機伏望斷自宸衷輟仲淹速去以備不虞

取進止

奏議卷第三

論邊議元昊通和事狀

將至至一作到所聞如此異同一作雖有異有同置一作措置

論乞罷呂紹寧所進羨餘劄子

紹寧所進此下一有自字

論孫沔劄子

除一作間

歐陽文忠公集一百

奏議卷第四

諫院

論京西賊事劄子慶曆三年

臣竊聞近日張海、郭貌山與范三等賊勢相合，轉更猖狂，諸處奏報日夕不絶。伏惟聖慮必極憂勞。不聞廟謀有何處置。臣竊見朝廷作事常有後時之失，又無慮遠之謀。患到目前，方始倉忙而失措；事纔過後，已却弛慢而因循。昨王倫暴起京東，轉攻淮甸，横行千里，旁若無人。既於外處無兵，須自京師發卒。孫惟忠等未離都下，而王倫已至和州矣。賴其天幸偶自

敗亡然而驅殺軍民焚燒城市瘡痍塗炭毒遍生靈
此州郡素無守備而旋發追兵誤事後時之之字一作皆有
明驗臣謂朝廷因此必悔前非須有改更以防後患
而自王倫敗後居兩府者了無擘畫有上言者又不
施行上下拖延日過一日遂致張海郭貌山等又起
京西攻劫州縣橫行肆毒更甚王倫依前外處無兵
又自京師發卒臣聞張海是李宗火內惡賊鄭貌山
在商山已及十年其驍勇兇姦不比王倫偶起之賊
縱使官兵追及亦其勝負未知天下之憂恐自此始
臣亦知近日臣寮上言賊事者甚衆竊慮兩府進呈

文字之時必須奏言已差使臣選兵追捕將此拙計便爲廟謀上寬聖懷苟自塞責張海等二百餘人盡有甲馬日行一二百里馬力困乏則弃別奪民間生馬乘騎蒭料官兵必難追逐縱使追兵能及生靈已受其殃此度賊雖能平後患豈可不慮以今四方盜起所在各要隄防則臣前所言禦賊四事之中州縣置兵最爲急務伏望陛下憫此生民見受屠戮之苦不聽迂儒遲緩誤事之言其州縣置兵事件富弼已有起請伏乞決於宸意速與施行取進止

再論置兵禦賊劄子 同前

臣近爲張海等賊勢猖狂曾上言禦賊四事内一件州郡置兵爲備風聞朝議已依富弼起請施行其餘三事一乞選捕盜官二乞定賞罰新法三乞按察老病貪贓之官此三事至今未聞擬議臣伏見去年朝廷於諸道州府招宣毅兵士及添置鄉兵弓手當時搔擾次第不小本要爲州縣禦賊之備及一旦王倫張海等相繼而起京東淮南江南陝西京西五六路二三十州軍數千里内殺人放火肆意横行入州入縣如入無人之境則去年所置宣毅兵鄉兵弓手等盡皆何在無一處州縣得力者蓋由官吏不得其人

賞罰無法而所置宣毅鄉兵弓手皆不一作無堪使用一作者所以張皇搔擾空有爲備之名而無爲備之用今朝廷雖依富弼起請令州郡置兵若不先擇官吏嚴立法令則依前置得不堪使用之兵空有其名終不濟事故臣謂必欲州郡置得精兵則須採臣所陳三事一一施行方可集事其州縣官吏誤事臣請試言京西一兩處則其他可知郢州知州王昌運老病腰脚行動不得每日令二人扶出坐衙三年之内州政大壞臨替得一比部員外郎劉依交代其劉依亦是七十餘歲昏昧不堪昨在滑州寄居臣爲通判三

四度來看臣每度問臣去中書有一个王參政名甚如如此不知人事陛下試思如此等人能爲國家置兵禦賊乎今汝州知州鮑亞之是三司以不才柬退者鄧州知州朱文郁是轉運使中不材選退者二人老懦不才如此等人能爲國家置兵禦賊乎陛下欲知全盛之世盜賊便敢如此者蓋爲處處官吏非人故臣前後累言乞按察冗濫之官者蓋爲恐有此事也兩府之議不肯於無事之時先爲禦備直待打破一州方議換知州打破一縣方議換縣令其餘未經打破州縣一任老病貪繆之官壞之臣謂是大臣不欲

以身當怨之過也今天下生民獲安樂則皆須上感陛下聖德若其父子殺戮離散不安則亦必歸怨陛下今大臣不肯澄汰蓋避百十人官吏怨其身寧使百萬蒼生塗炭而怨國家今盜賊一年多如一年一火強如一火天下禍患豈可不憂伏望聖明（一作慈）特出睿斷如必行州郡置兵之法則先須慎擇官吏免致虛爲搔擾反更害民臣前後三次乞按官吏況國家自來每有災傷路分累曾遣使安撫豈於今日視民如此塗炭頓以遣使爲難願陛下力主而行之則天下幸甚取進止

論盜賊事宜劄子 同前

臣近因軍賊王倫等事累有論奏爲見天下空虚全無武備指陳後漢隋唐亡國之鑒皆因兵革先興而盜賊繼起不能撲滅遂至横流又見國家綱紀隳頽法（一作政）令寬弛賞罰不立善惡不分體弱勢危可憂可懼欲乞朝廷講求禦盜之術峻行責下之法兼聞搢紳之内憂國者多日有封章皆論賊事臣但謂朝廷見已形之患聞衆多之言必動於心略知恐懼及聞樞密院戒勵進奏官不使外人知事方認兩府猒苦獻言之人又見自和州奏破王倫之後更不講求

禦賊之策，又認上下已有偷安之意，殊不知前賊雖
滅後賊更多，今建昌軍一火四百人，桂陽監一火七
十人，草賊一火百人，其餘池州、解州、鄧州、南京等處
各有強賊不少，皆建旗鳴鼓，白日入城，官吏逢迎飲
食宴樂，其敢如此者，蓋爲朝廷無賞罰，都不足畏，盜
賊有生殺，時下須從。臣恐上下因循，日過一日，國家
政令轉弱，盜賊威勢轉強，使畏賊者多，向國者少，天
下之勢從茲去矣。臣竊聞京西提點刑獄張師錫爲
部内使臣與賊同坐喫酒，及巡檢縣尉不肯用心，曾
有論奏，其言甚切。臣舊識師錫，其人恬靜長者，遲緩

優柔不肯生事今尚有此奏則臣謂天下無賢愚皆爲國家憂之獨不憂者朝廷爾嗟夫古之智士能慮未形之機今之謀臣不識已形之禍以患爲樂以危爲安見盜賊雖多而時有敗者遂生輕寇之意見言事者衆而聽之已熟遂有忽人之心臣近曾求對便殿伏蒙陛下語及賊事憂形于色及退見宰輔問暇從容天下之事深可憂矣今建昌桂陽（一有軍字）賊數不少想其爲害尤甚王倫在於遠處更合留意今自京發兵則道遠不及外處就撥則處處無兵欲乞嚴勑大臣鑒此已成難救之患速講定禦盜之法頒行天

下使四方漸為備禦及仍一作早擘畫剪撲諸處見在賊數自有賊已來群臣上言者皆為自來寬法致得不肯用心捉賊皆乞峻行法令近見池州官吏各只罰銅五斤乃知言者皆不蒙聽納臣謂大臣為國計者寧厭忠言之多不厭盜賊之多乃如此行事爾臣前後上言賊事文字不少仍乞類聚擇其長者講定法制陛下欲知大臣不肯峻國法以繩官吏蓋由陛下不以威刑責大臣此乃社稷安危所繫陛下之事也伏望留意而行之取進止

論學士不可令中書差除劄子 慶曆三年

臣近見翰林學士蘇紳葉清臣等相繼解職風聞侍從之臣内有姦憸小人頻急經營爭先進用至有喧忿之語傳聞中外者既虧廉讓之風又損朝廷之體臣伏思翰林之職重於唐世乃是天子親信朝夕謀（一作謀夕）議内助之臣當時號爲内相故其進用尤極精選只用（一作取）材識不限資品往往自州縣官（一有擢字）而拜者國朝近歲於此一職頻非其人既見其材識愚下不足以備訪問（一本有之事二字）人主因之薄（一本作薄之）其持遇迹漸疎外同於冗官遂容小人得以濫進臣思其弊蓋由不合令中書依資差除且學士之職本要

内助天子講論外朝闕失今若卻令中書除人致於内（一作置之内制）則是恩出中書之人雖在天子左右與無（無字一作外官）同也伏乞自今後翰林學士不必足貟用人不限資品但擇有才望正人堪充者出自上意（一作聖明）擢用以杜小人爭進之端而天子左右更無姦邪之人廁清侍臣之列取進止

論呂夷簡劄子（同前）

臣昨日伏覩外廷宣制呂夷簡守太尉致仕以夷簡爲陛下宰相而致四夷外侵百姓内困賢愚失序（一作倒置）紀綱大隳二十四年（一作十四年）間壞了天下人臣大

富貴夷簡享之而去天下大憂患留與陛下當之夷簡罪惡滿盈事迹彰著然而偶不敗亡者蓋其在位之日專奪國權脅制中外人皆畏之莫（一作不）敢指（一作發）擿及其疾病天下共喜姦邪難去之人且得已爲天廢又見陛下自夷簡去後進用賢才憂勤庶政聖明之德日新（一作日）又新故識者皆謂但得大姦已廢不害陛下聖政則更不復言所以使夷簡平生罪惡偶不發揚上（一作正）賴陛下終始保全未汚斧鑕是陛下不負夷簡夷簡上負朝廷今雖陛下推廣仁恩厚其禮數然臣料夷簡必不敢當理須陳讓臣乞因其

來讓便與寢罷別檢自來宰相致仕祖宗舊例與一合受官名然臣猶恐夷簡不識廉耻便（一作更）受國家過分之恩仍慮更乞子弟恩澤緣夷簡子弟因父僥倖恩典已極今邊鄙多事外面臣寮辛苦者未嘗非次轉官豈可使姦邪巨蠹之家貪贓愚騃子弟不住加恩竊恐朝廷貽濫賞之譏未弭物論其子弟伏乞更不議恩典取進止

論呂夷簡僕人受官劄子（同前）

臣伏見國家每出詔令常患官吏不能遵行不知患在朝廷自先壞法朝廷不能自信則誰肯信而行之

然多因小人僥倖而不加抑絶所與之恩雖少所損之體則多臣聞去年十月中曾有臣寮上言乞今後大臣廝僕不得奏薦班行勑旨頒下纔三四月已却用吕夷簡僕人袁宗等二人爲奉職夷簡身爲大臣壞亂陛下朝政多矣苟有利於其私雖敗天下事尚無所顧況肯爲陛下惜法但朝廷自宜如何今一法纔出而爲大臣先壞之則其次臣寮僕人豈可不與不與則是行法有二與之則近降勑旨今後又廢有司爲陛下守法者不思國體但徇人情或云二僕得旨與官在降勑前奈何授官在降勑後凡出命令本

爲蠻華前弊法家以後勑衝前勑今袁宗等雖曾得旨而未授命之間已該新制自合蠻華夷簡不能止絕而恣其僥求朝廷又不舉行近勑而自隳典法今後詔令何以遵行其袁宗等伏乞特追奉職之命別與一軍將之類閑慢名目足示優恩不可爲無功之臣私寵僕奴而亂國法取進止

論止絕吕夷簡暗入文字劄子同前

臣風聞吕夷簡近日頻有密奏仍聞自乞於御藥院暗入文字不知實有此事否但外人相傳上下疑懼臣謂夷簡身爲大臣久在相位尚不能爲陛下外平

四夷內安百姓致（一作使）得二虜交構中國憂危兵民疲勞上下困乏賢愚失序賞罰不中凡百紀綱幾至大壞筋力康健之日尚且如此乖繆況已罷政府久病家居筋力已衰神識昏耗豈能更與國家圖事據夷簡當此病廢即合杜門自守不交人事縱有未忘報國之意凡事即合公言令外廷見當國政之臣共議（一作擬）可否豈可暗入文書眩惑天聽況夷簡患攤風手足不能舉動凡有奏聞（一作疏）必難自寫其子弟輩又不必（一作肖）須防作僞或恐漏泄於體尤爲不便雖陛下至聖至明於夷簡姦謀邪說必不聽納但外

人見夷簡密入文書恐非公論若誤國計為患不輕夷簡所入文字伏乞明賜止絶臣聞任賢勿貳去邪勿疑見今中外群臣各有職事苟有關失自可任責不可更令無功已退之臣轉相惑亂取進止

薦姚光弼狀 同前

右臣等伏覩慶曆元年南郊赦書節文委史院檢閲
國朝將帥有威名勳業者尋訪子孫録用風聞史院已具檢勘姓名聞奏至今未見施行伏以赦令之文
國家大信度必難行之事則不當輕言若已布告天下則不可失信況此一節自是當今合行之事必慮

將家子孫例多不肖則宜於尋訪之時便責州郡察其行止無大過惡者乃得以聞今舊將名在史官能應赦書所求者有幾若更去擇一作其不肖者不用則推恩所及不過一二十人耳不至濫行恩賞所可惜者因此一二十人而失國家大信臣等伏見故慶州刺史姚内斌有孫光弼好學有行止能記前世兵法及史籍所載名將用兵取勝之術比於累年所試方略濫進之人不可同類若蒙擢用必有所爲伏乞舉行赦書特賜召試仍下所居州縣鄰里考其行實參驗而行其餘將家亦乞遍行加一作尋訪臣等職在諫

諍當補闕遺見國家赦令已行而自失大信及士有豪俊沉棄而未用者皆當論列臣等又覩赦書節文云本房子孫與班行安排如實有膽勇謀略者仍與邊上任使詳此雖無材藝者亦預推恩也今光弼據其學識况有可採臣等所陳只乞比近年方略之人特與一試上以全國家大信下可收遺逸之人伏望聖慈特賜施行取進止

論李淑姦邪劄子同前

臣昨日因奏事於延和殿已曾面論李淑獨在開封府猶爲疎外今拜學士是禁中親近之職竊緣此人

不宜在侍從之列其姦邪陰險之迹陛下素已知之今外邊臣寮骨肉同坐者不敢道李淑姓名蓋其穢惡醜不可當據外人如此惡之豈合却在人主左右淑自來朋附夷簡在三尸五鬼之數蓋夷簡要爲肘腋所以援引至此不知今日朝廷如此清明更要此人何用若欲藉其詞業則臣謂才行者人臣之本文章者乃其外飾耳況今文章之士爲學士者得一兩人足矣假如全無文士朝廷詔勑之詞直書王言以示天下尤足以敦復古朴之美不必雕刻之華自古有文無行之人多爲明主所弃只如徐鉉胡旦皆是

先朝以文章著名於天下二人皆以過惡廢弃終身不齒當時朝廷亦不至乏人淑居開封過失極多然止是一府之害今在朝廷若有所爲必肆其志則害及忠良沮壞政治是爲天下之害故臣不可不言今雖陛下主張正人不信讒巧然淑之爲惡出於天性恐不能悛改竊慮依舊譖毀好人伏望聖慈一切不納早與一外任差遣使正人端士安心作事無讒毀之避取進止

再論李淑劄子同前

臣近日竊聞李淑已有聖旨令與壽州却知中書不

肯便行須得淑自上章求一作乞出方敢差除臣謂李
淑姦邪之迹陛下既已盡知若得斷自宸衷則使天
下之人皆知陛下聰明神聖辨别忠邪黜去小人自
出聖斷如此則今後姦邪險惡之人可使知懼而不
敢爲害今若如中書之意須待其自求退則是賞罰
之柄不由明主自行去住之謀一任臣下取便如此
則今後小人皆知雖爲姦邪險惡天子欲力去而中
書必未一作未必肯行若不自退則一作别無人敢差臣恐
自此小人轉爲得計不肯悛心進賢退不肖者宰相
之職也今大臣既自避怨不肯爲陛下除去姦邪賴

陛下聖明洞分邪正又不能便依聖旨直與差除更須曲收人情優假群小三四日來外邊聞陛下欲除李淑壽州人人鼓舞皆賀聖德蓋淑二三十年出入朝廷姦險傾邪害人不少一旦見人主斥去左右莫不欣抃却聞中書如此迂迴自相顧避可惜聖明之斷不盡施行臣欲望更不須候其請郡因兩府奏事之時特出聖旨處分直除一外郡使天下皆知此姦邪穢惡之人是人主力自除去以彰聖明之德取進止

論慎出詔令劄子 同前

臣伏以朝廷每出詔令，必須合於物議，下恱民情。真宗皇帝初置諫官，詔書內條列六事，首言詔令不便者許諫官論列，蓋朝廷慎於出令之意也。近見詔書褒美陜西轉運使卞咸。風聞咸在陜西爲買百姓青苗及轉般大麥，此兩事大與西人爲（一作大爲西人）患，逃移卻人戶（一無此三字）極多，至今西人怨謗不已。賴吳遵路減得轉般一事，人獲稍寧。今所降詔書，兩人一時（一作一）例褒美，善惡不分，無所激勸，使陜西人見者必謂朝廷咫尺絶不卹念西人，不知西事，誤下詔書，美此與民爲害之人，必轉生怨謗。臣竊料朝廷必因邊臣奏舉咸等能積糧儲故賜此一作奬諭蓋失於採訪不知咸處置乖方之事致西民流移怨謗之因欲乞今後戒此失誤慎出詔令及戒勵羣臣今後薦舉人不得妄有稱美其已出之詔既不可追臣又恐朝廷因此遂待下咸爲材能一作吏別有任用却致敗事臣職在諫諍不可不言

奏議卷第四

論京西賊事劄子 嘗有後時 嘗疑作常

再論置兵禦賊劄子 鄉兵弓手〔此下一有等字〕前後三次〔比下

一有言字

論盜賊事宜劄子 戒勵〔勵一作勤〕外處無兵〔外處誤作處處〕

論學士不可令中書差除劄子 上意〔一作聖意〕

論呂夷簡劄子 二十四年〔四一作餘〕國權〔一作主權〕

論李淑劄子 穢惡〔穢字下一有德字〕人主力自除去〔人主一作陛下〕

歐陽文忠公集一百一

奏議卷第五

諫院

論李昭亮不可將兵劄子 慶曆三年

臣伏見朝廷近自河東移李昭亮為鎮定高陽三路都部署竊以北戎險詐必與國家為患北面之事常須有備此一事陛下聖心久自憂之執政大臣非不知而憂之天下之人共為朝廷憂之李昭亮不才不堪為將帥不可委兵柄此一人陛下聖心久自知之執政大臣非不知之天下之人亦共知之不審因何遽有此命大凡朝廷行事不當者或為小事而忽略

容有不知致誤施行而至乖錯者有矣未有以天下大可憂患而上下共知之事公然乖繆任以非人如此者臣料兩府之議必因施昌言等近奏三路闕都部署而目下無人以昭亮塞請而欲徐别選擇不過如此而已然臣竊見朝廷作事常患因循應急則草草且行纔過便不復留意只如今秋用郭承祐於鎮定尋以非才罷之當時應急且以常（一作康）德輿爲鈐轄闕却部署一職本待徐擇其人臣初喜朝廷必能自此精於選任經今數月何曾用意求人一旦昌言奏來又遣昭亮且去今平時無事之際尚如此不能

選人任用若一旦倉皇事動更於何處求人故臣謂朝議欲徐擇人而代昭亮者乃虛語爾方今天下至廣不可謂之無人但朝廷無術以得之耳寧用不材以敗事不肯勞心而擇材事至憂危可為慟哭臣思朝廷所以乏人任用之弊蓋為依常守例須用依資歷級之人不肯非次拔擢所以無人可用古人謂勞於擇賢而逸於任使今人既難得求之又不勤待其自來何復可得臣累曾上言練兵選將之法未賜施行又曾言乞於沿邊十數州且選州將亦不蒙聽納寧可公選不材之人委以大兵之柄一旦誤事悔何及

之伏望聖慈出於睿斷其李昭亮早令兩府擇人替換仍早講求選將之法若大將難卒然而得即乞於沿邊州軍選擇州將近下資淺人中庶乎易得昨北使姓名稍遲數日中外之士已共憂疑幸其未動之間宜作先時之備兵法曰無恃其不來恃吾有以待之惟陛下為社稷之計深思而行之則天下幸甚取進止

論禦賊四事劄子 同前

臣昨自軍賊王倫敗後尋曾極言論列恐相次盜賊漸多乞朝廷早為禦備凡為國家憂盜賊者非獨臣

一人前後獻言者甚衆皆爲大臣忽弃都不施行而爲大臣者又無擘畫果致近日諸處盜賊縱横自淮海已南新遭王倫之後今自京已西州縣又遭張海郭貌山等劫掠焚燒桂陽監昨奏蠻賊數百人燮峽荆湖各奏蠻賊皆數百人解州又奏見有未獲賊十餘火滑州又聞強賊三十餘人燒劫一作劫沙彌鎮許州又聞有賊三四十人劫却椹澗鎮此臣所聞目下盜起之處如此縱横也此外京東今歲自秋不雨至今麥種未得江淮倫賊之後繼以飢蝗陝西災旱道路流亡日夜不絶似此等處將來盜賊必起是見在

者未滅續來者愈（一作更）多而乾象變差譴告不一於古占法多云天下大兵並起今兵端已動於下天象又告于上而朝廷安恬舒緩無異常時此臣前狀所謂古之智者能慮未形之機今之謀臣不識已形之禍者也臣聞兩漢之法凡盜賊並起人民流亡天文災異如此等事皆責三公或被誅戮或行黜放今幸陛下仁聖寬慈大臣偶免重責而猶忘忽禍患偷習因循此臣所謂大臣不肯峻國法以繩官吏蓋由陛下不以威刑責大臣者也今見在賊已如此後來賊必更多若不早圖恐難後悔臣計方今禦盜者不過

四事一曰州郡置兵爲備二曰選捕盜之官三曰明賞罰之法四曰去冗官用良吏以撫疲民使不起爲盜此四者大臣所忽以爲常談者也然臣視今朝廷於此四者未有一事合宜伏望聖慈嚴勑兩府大臣問其捨此四事別有何術可爲苟無他術則此四事宜早施行臣竊聞州郡置兵富弼已有條奏其餘三事前後言事者論議甚多伏乞合聚群議擇其善者而行其禦盜四事方今措置乖失極多容臣續具一二一作條奏取進止

論乞主張范仲淹富弼等行事劄子 同前

臣伏聞范仲淹富弼等自被手詔之後，已有條陳事件，必須裁擇施行。臣聞自古帝王致治，須待同心叶力之人（二字一作者），而君臣相得（五字一作相與雖時），謂之千載一遇之難。今仲淹等遇陛下聖明，可謂難逢之會；陛下有仲淹等，亦可謂難得之臣。陛下既已傾心待之，仲淹等亦各盡心思報，上下如此，臣謂事無不濟，但顧行之如何。伏况仲淹弼是陛下特出聖意自選之人，初用之時，天下已皆相賀，然猶竊謂陛下既能選之，未知用之如何耳。及見近日特開天章，從容訪問，親寫手詔督責丁寧，然後中外喧然，既驚且喜，此二盛事固已（一作以）朝報京師募傳四海皆謂自來未曾如此責任大臣天下之人延首拭目以看陛下欲作何事（一作用此二人果有何能）此二人所報陛下果有何能（一作欲作何事）是陛下得失在此一舉生民休戚繫此一時以此而言則仲淹等不可不盡心展效陛下不宜不力主而行使上不玷知人之明下不失四海之望臣非不知陛下專心銳志必不自怠而中外大臣且憂國同心必不相忌而沮難然臣所慮者仲淹等所言必須先絶僥倖因循姑息之事方能救數（一作今）世之積弊如此等事皆外招小人之怨怒不免浮議之紛紜而

姦邪未去之人亦須時有讒沮若稍聽之則事不成矣臣謂當此事初尤須上下叶力凡小人怨怒仲淹等自以身當浮議姦讒陛下亦須力拒待其久而漸定自可日見成功伏望聖慈留意終始成之則社稷之福天下之幸也取進止

論臺官不當限資考劄子 同前

臣伏見御史臺闕官近制令兩制并中丞輪次舉人遂致所舉多非其才罕能稱職如昨來蘇紳舉馬端卻煩朝廷别有行遣臣謂今兩制之中姦邪者未能盡去若不更近制則輪次所及須令舉人近聞梁適

舉王礪燕度充臺官其人以適在姦邪之目各懷愧醜懼其汚染風聞皆欲不就以此言之舉官當先擇舉主臣欲乞今後只令中丞舉人或特選舉主仍見官一作朝班中雖有好人多以資考未及遂致所舉非人者皆為且就資例可入仍乞不限資考惟擇材堪者為之況臺中自有裹行之職以待資淺之人仍乞重定舉官之法有不稱職一有者字連坐舉主重為約束以防僞濫庶幾稱職可振綱紀取進止

再論臺官不可限資考劄子 同前

臣近曾上言為臺官闕人乞不依資限選舉仍乞添

置裹行兩貴得材可以稱職竊聞近詔宋祁舉人依前只用資（一作舊）例又未見議復裹行臣竊嘆方今（一有大臣二字）事無大小皆知其弊不肯更改凡臺官舉人須得三丞已上成資通判此例起自近年然近年臺官無一人可稱者近日臺官至有彈教坊倭（一作弟）子鄭州來者朝中傳以為笑其臺憲非才近歲尤甚是此例不可用明矣然而寧用不材以曠職不肯變例以求人今限以資例則取人之路狹不限資例則取人之路廣廣之（一作廣其路）猶恐無人何況專守其狹若使資例及者入三院未及者為裹行又於差除都不妨

礙況今四方多事之際揚威出使正要得人臣今欲乞特降指揮令舉官自京官已上不問差遣次第惟材是舉使資淺者爲裏行資深者入三院臣見前後舉臺官者多徇親戚一作舊舉既非材人或問之則曰朝廷用資限致別無人可舉今若革此繆倒責其惟材是舉則不敢不舉好人所冀漸振臺綱免取非笑取進止

論京西官吏非人乞黜按察使陳洎等劄子

同前

臣竊見去年五月詔勑節文諸路轉運並兼按察使

或貪殘老昧委是不治者逐處具狀聞奏若因循不切按察致官吏貪殘刑獄枉濫民庶無告朝廷察訪得知並當勘罪重（一作嚴）行黜降竊見近日賊人張海等入金州劫卻軍資甲仗庫蓋為知州王茂先年老昏昧所以放賊入城及張海等到鄧州順陽縣令李正己用鼓樂迎賊入縣飲宴留賊宿于縣廳（一作廨）恣其劫掠其李正己亦是年老昏昧之人京西按察使陳洎張昇自五月受卻朝廷詔書後半年內並不按察一人如王茂先李正己並顯然容芘不早移換致得一旦賊至不能捍禦及光化軍韓綱在任殘酷致

兵士作亂亦不能早行覺察其陳洎等故違詔書致興盜賊並合依元降詔勑重行黜降中書又不舉行使國家號令弃作空文天下禍亂貽憂君父蓋由上下互相蒙庇之罪也其陳洎張昇伏乞依詔勑施行重與黜降若明降詔勑顯有違者並不舉行則今後朝廷號令徒煩虛出伏望出於聖斷以警後來取進止

再論陳洎等劄子 同前

臣近曾上言為京西轉運使陳洎張昇違發詔書並不按察部下官吏致使盜賊縱橫貽憂君父其陳洎

等合坐此罪名重行黜降此事非是臣自生狂見敢有妄言乃是朝廷元降詔書内指揮自合行遣今諸路轉運使不按察官吏者甚衆然别不至大段生事及部内官吏不甚昏老者亦可且示優容如陳洎等部内顯然官吏昏老貪残並不舉劾致得盗賊並起事勢可憂此若不行則國家詔勑乃是空文今後號令有誰肯聽臣伏見近日頻易諸路轉運方思改作欲除舊弊朝廷此後政令須要必行今若自廢詔書示人無信則新轉運見朝廷先自弛廢言不足聽一作信則更無禀畏必劾因循虚煩更張必不濟事古人

於作事之初，尚或借人行法，況洎等首自違犯，理合舉行。宜於革弊之初，先行勵衆之事。或謂洎等於少人之際，且要任使，即乞各與降官，依舊差遣，以責後効，徐議復資，亦使過之術也。尚慮議者謂淮南王倫賊後不曾行遣轉運，盖淮南新授詔書，未及探察，而賊已卒至，又部内官吏如晁仲約等，本非昏老，不比京西慢賊，經年不能剪滅，直至養成兇勢。又其一作「洎等」部内官吏顯是昏老誤事之人，擾詔半年，故違不舉。較其事體，與淮南不同。今若以淮南不曾行遣，便捨洎等不問，則今後犯者又指洎等以爲例，是則朝廷命令永廢不行伏惟陛下聰明睿斷惟是則從尚恐大臣務收私恩不顧國體若能不惜暫降洎等一兩資一作員官存取朝廷綱紀以勵中外則庶幾國威復振恐難可平取進止

論舉館閣之職劄子慶曆三年

臣伏見國家近降詔書條制館閣職事有以見陛下慎於名器漸振紀綱然而積弊之源其來已久僥倖之路非止一端今於澄革之初尚有未盡其甚者臣竊見近年外任發運轉運使大藩知州等多以館職授之不擇人材不由文學但依例以為恩典朝廷本

意以其當要劇之任欲假此清職以為重然而授者既多不免冒濫本欲取重人反輕之加又比來館閣之中太半膏粱之子材臣幹吏羞與比肩亦有得之以為耻者假之既不足為重得者又不足為榮授受之間徒成兩失臣欲乞今後任發運轉運知州等更不依例帖職若其果有材能必欲重其職任則當升拜美官優其秩禄況設官之法本貴量材隨其器能自可升擢豈必盡由儒館方以為榮

一臣竊見近年風俗澆媮一作薄士子奔競者多至有偷竊他人文字干謁權貴以求薦舉如丘良

孫者又有廣費資財多寫文冊所業又非絕出而惟務干求勢門日夜奔馳無一處不到如林槩者此二人並是兩制臣寮奏乞召試内丘良孫近雖押出而林槩已有召一作得試指揮舊來本無兩省以上舉館職明文尚猶如此奔競今若明許薦人則今後薦者無數矣臣欲於近降

詔書内兩省舉館職一節添入遇館閣闕人即

朝廷先擇舉主方得薦人仍乞别定館閣合存員數以革冗濫

一臣竊見近降詔書不許權貴奏蔭子弟入館閣

此盖朝廷為見近年貴家子弟濫在館閣者多如吕公綽錢延年之類尤為荒濫所以立此新規革其甚弊臣謂今後膏粱子弟既不濫居清職則前已在館閣者雖未能沙汰尚須裁損欲之應貴家子弟入館閣見在人中若無行業文詞為衆所知則不得以年深遷補龍圖昭文館并侍制修撰之類所貴侍從清班不至冗濫

論李昭亮劄子 北面一作北鄙纔過便不復留意便字下一有休字今秋用三字作差悔何及之一作悔之何及

論乞主張范仲淹富弼劄子 亦又一無又字伏一作闕力主此字下一有張字必不自怠一作不自懈怠而沮難一無此三字

論臺官劄子 資限選舉限一作考起自一作蓋自用資限一作限以資考

論京西官吏非人劄子 逐處一作逐旋並當一作當為並合一作自合

論舉館閣之職劄子 轉運一有使字所業一作事業館閣闕人閣一作職

歐陽文忠公集一百二

奏議卷第六

諫院

論乞令宣撫使韓琦等經略陝西劄子慶曆三年

臣竊聞已降中書劄子抽回韓琦田況等歸闕昨來琦等奉命巡邊本爲西賊議和未決防其攻寇要爲禦備今西人再来方有邀請在於事體必難便從邊上機宜正須處置仍聞韓琦田況各有奏狀言邊防有備請朝廷不須怯畏每事曲從竊以勝敗之間安危所繫料琦等如此奏来則邊事可知自有枝梧不至敗誤臣謂且令琦等在彼撫遏則朝廷與賊商議

自可以持重不須屈就今議方未決中道召還則是使賊知朝廷意在必和自先弛備況事無急切何必召歸其召韓琦劉子伏乞速賜指揮抽回且令琦等在彼經略以俟西賊和議如何取進止

論西賊議和請以五問詰大臣狀 同前

右臣伏見張子奭奉使賊中近已（一作以）到闕風聞賊意雖肯稱臣（一有受冊字）而尚有數事邀求未審朝廷如何處置臣聞善料敵者必揣其情偽之實能知彼者乃可制勝負之謀今賊非難料難知但患為國（一有誤字）計者眛於遠見落彼姦謀苟一時之暫安召無涯之

後患自爲削弱助賊姦謀此左傳所謂疾首痛心賈誼所以太息慟哭者也今議賊肯和之意不過兩端而已欺罔天下者必曰賊困窘而求和稍能曉事者皆知賊權詐而可懼若賊實困窘則正宜持重以裁之若知其詐謀則豈可厚以金繒助成姦計昨如定等面但聞許與之數不過十萬今子奭所許乃二十萬仍聞賊意未已更有過求先朝與契丹通和只用三十萬一旦劉六符輩來又添二十萬今昊賊一口一有已字許二十萬到一作則他日更來又須一二十萬使四夷窺見中國廟謨勝一作神算惟以金帛告人則邈

川首領豈不動心一旦興兵又須三二十萬生民膏血有盡四夷禽獸無厭引之轉来何有限極今已許之失既不可追分外過求尚可抑絶見今北虜往来尚在沿邊市易豈可西蕃絶遠須要直至京師只用一作以此詞自可拒止至如青鹽弛禁尤不可從於我雖所掮非多在賊則為利甚博況鹽者民間急用既開其禁則公私往来姦細不分若使賊掮一作損百萬之鹽以啗邊民則數年之後皆為盜用矣凡此三事皆難允許今若只為目下苟安之計則何必愛惜盡可曲從若為社稷久遠之謀則不止目前須思後患

臣願陛下試發五問詢於議事之臣一問西賊不因敗衂忽肯通和之意或用計困之使就和乎或其與北虜連謀而僞和乎二問既和之後邊備果可徹而寬國用乎三問北使一來與二十萬西人一去又二十萬從今更索又更與之凡廟謀爲國計者止有此策而已乎四問既和之後能使北虜不邀功責報乎虜或一動能使天下無事乎五問元昊一議許二十萬他日保不更有邀求乎他日有求能一不更添乎陛下赫然以此五事問之萬一能有說焉非臣所及若其無說則天下之憂從此始矣方今急和謬議既不

可追許物已多必不能減然臣竊料元昊不出三五年必須更別猖獗以邀增添而將相大臣只如一有中國二字今日之謀定須更與添物若今日一頓盡與則他時何以添之故臣願惜今日所求其如西賊雖和所利極鮮若和而後動五字一作北戎若動其患無涯此臣前後非不切言今無及矣伏望陛下留意而思之且可不與彼若實欲就和雖不許此亦可若實無和意與之適有後虞謹具狀奏聞伏候敕旨

論葛宗古等不當減法劄子 同前

臣伏見近日贓吏葛宗古王克庸滕宗諒等相繼贓

汚事發内蔦宗古情理尤惡臣伏覩去年朝廷命賈昌朝等減省天下冗費上自陛下供御之物至於皇后宮嬪飲食已來盡皆減節蓋謂調度至多公私已乏故陛下以身先天下自行減刻一作省要供軍費凡為邊將者所得一錢一帛宜思此物自生民困苦之中取其膏血陛下憂勞之際減自聖躬如此得之宜作如何使用今乃盜朝廷賞勞蕃夷之物贍養求食婦人全家骨肉及供自己家口并營造工作私家冗用之類量其如此用心豈是愛君憂國忘身破賊之人何足愛惜若律文已重即乞盡行更不減法若舊

法尚輕仍望特加重斷其縢宗諒王克庸若事狀分明亦望早賜勘鞫正行國典竊慮議者爲宗古等方任邊陲宜從寬貸臣非不知駕馭英雄難拘常法如太祖委用李漢超等蓋漢超能捍寇戎不爲邊患功大過小理可優容諸將守邊未有尺寸之效而先已踰違不（一無踰不二字）法外恃敵在而欲望朝廷屈法姑息今朝廷未曾行寬假之患（一作惠）而此三人不法（一作已各）如此若更寬之則今後邊臣不復可以法制矣臣恐邊上公使必欲使將臣不拘常法者若用之陰養死士招延布衣利啗敵人賞勞將校如此之數皆不必

問其出入可慫所為或其性本闊略偶不點檢誤用於私家原其本情亦可輕恕若宗古等故意偷謾減刻宴犒蕃夷軍士之物入己者有何可恕之理特減從輕有何可贖之功得以屈法若此三人不行重斷則邊臣知元昊常在則一無則字可以常為不法臣恐遂弄兵事無了日今取進止

論燕度勘滕宗諒事張皇太過劄子 同前

臣昨日風聞張子奭未有歸期消息賊昊又別遣人來必恐子奭被賊拘留西人之來其意未測邊鄙之事不可不憂正是要藉將帥效力之際旦夕來三字一作

近者傳聞燕度勘鞫滕宗諒事枝蔓勾追直得使盡邠州諸縣枷杻所行栲掠皆是無罪之人囚繫滿獄邊上軍民將吏見其如此張皇人人嗟怨自狄青种世衡等並皆解體不肯用心朝廷本爲臺官上言滕宗諒支用錢多未明虛實遂差燕度勘鞫不期如此作事摇動人心若不早止絶則恐元昊因此邊上動揺將臣憂恐解體之際突出兵馬誰肯爲朝廷用死命向前臣忝爲陛下耳目之官外事常合採訪三五日來都下喧傳邊將不安之事亦聞田況在慶州日見滕宗諒别無大段罪過并燕度生事張皇累具奏狀

並不蒙朝廷報答況又遍作書告在朝大臣意欲傳達於聖聽大臣各避嫌疑必不敢進呈況書臣伏慮陛下但知宗諒用錢之過不知邊將憂嗟搔動之事只如臣初聞滕宗諒事發之時獨有論奏乞早勘鞫行遣臣若堅執前奏一向遂非則惟願勘得宗諒罪深方表臣前來所言者是然臣終不敢如此用心寧可因前來不合妄言得罪於身不可今日遂非致誤事於國臣竊思朝廷於宗諒必無愛憎但聞其有罪則不可不問若果無大過則必不須要求瑕疵只恐勘官希望朝廷意旨過當張皇搔動邊鄙其滕宗諒

伏望速令結絶仍乞特降詔旨告諭邊臣以不枝蔓勾追之意兼令今後用錢但不入己外任從便宜不須畏避庶使安心放意用命立功其田況累次（一作度）奏狀并與大臣等書伏望聖慈盡取詳覽田況是陛下侍從之臣素非姦佞其言可信又其身在邊上事皆目見必不虛言今取進止

再論燕度鞫獄枝蔓劄子（同前）

臣昨日風聞燕度勘滕宗諒事枝蔓張皇邊陲搔動曾有論奏乞降詔旨安慰邊臣今日又聞度輒行文牒劾問樞密副使韓琦議邊事因依不知燕度實敢

如此否若實有之深可驚駭竊以韓琦是陛下（一有左右二字）大臣繫國家事體輕重今燕度敢茲無故意外侵陵乃是輕慢朝廷舞文弄法（一作舞弄文法）臣每見前後險薄小人多為此態得一刑獄勘鞫踴躍以為奇貨務為深刻之事以邀強幹之名自謂陷人若多則進身必速所以虛張聲勢肆意羅織今燕度本令只勘滕宗諒使過公用錢因何劾問大臣議邊事顯是節外生事正違推勘勑條況樞密使是輔弼之任宣撫使將君命而行本籍重臣特行鎮撫今若無故遭一獄吏侵欺而陛下不與主張則今後奉君命而出使者皆

為邊鄙所輕，為大臣而作事者反畏小人所制，故燕度論於國體便合坐以深刑，責其俗吏亦自遠於條制，罷須行遣，情不可容。今樞密副使尚被侵陵，則以下將帥無辜遭其枝蔓者不少。據其如此作事，此獄必無平允。其勝宗諒一宗刑獄，狀（一作伏）乞別選差官取勘結絶，其燕度亦乞別付所司勘罪行遣。取進止。

論乞不勘狄青侵公用錢劄子 同前

臣風聞邊臣張亢近為使過公用錢，見在陝西置院根勘。其勘官所取干連人甚衆，亦聞狄青曾隨張亢入界，見已勾追照對。臣伏見國家兵興以來五六年所得邊將惟狄青种世衡二人而已其忠勇材武不可與張亢滕宗諒一例待之臣料青本武人不知法律縱有使過公用錢必不似葛宗古故意偷謾不過失於點檢致誤侵使而已方今議和之使正在賊中苟一言不合則忿兵為患必至侵邊謹備過防正藉勇將況如青者無三兩人（一作三兩人而已）可惜因些小公用錢於此要人之際自將青等為賊拘囚使賊聞之以為得計伏望特降指揮元勘官只將張亢一宗事節依公根勘不得枝蔓勾追其狄青縱有干連仍乞特與免勘臣於邊臣本無干涉豈有愛憎但慮勘官

只希朝廷意旨不顧邊上事機將國家難得之人與常人一例推鞫一旦乏人誤事則悔不可追伏乞朝廷特賜寬貸邊臣知無功之將犯法必誅一作行要藉之人以能贖過則人人自勸將見成功取進止

論體量官吏酷虐劄子 同前

臣等風聞朝廷近降指揮與諸路轉運使令體量州縣官吏酷虐軍民者臣料朝旨如此必是因韓綱酷虐近致光化兵士亂作一作作亂故有此指揮竊以昨來光化兵變雖因韓綱自致其如兵亦素驕處置之間須合中道韓綱自當行法驕兵亦合討除如此兩行

方始得體今若明行號令徧約官吏則驕兵增氣轉更生心長吏畏避無由行事其所降與轉運司文字竊慮朝夕之間傳播中外肩動羣小引惹事端然已失之令既不可追伏乞速降旨揮與諸路轉運使令密切禀行不得漏洩所貴別不生事取進止

論募人入賊以壞其黨劄子同前

臣竊聞京西賊盜日近轉多在處縱横不知火數所患者素無禦禦備不易枝梧然獨幸賊雖猖狂未有謀畫若使其得一曉事之人教以計策不掠婦女不殺人民開官庫之物以振貧窮招愁怨之人而為黨與

況今大臣不肯行國法，州縣不復畏朝廷，官吏尚皆公然迎奉，疲民易悅，豈有不從？若兇徒漸多而不暴虐，則難以常賊待之，可爲國家憂矣。以此思之，賊衆雖多，尚可力破，使有一人謀主，卒未可圖。臣前因王倫賊時，曾有起請十餘事，内一件乞出牓招募諸處下第舉人及山林隱士、負犯流落之人，有能以身入賊筭殺首領，及設計誤賊陷於可敗之地者，優（一作重）與酬奬。所貴兇黨懷疑，不納無賴之人以爲謀主。當時議者頗以爲然。伏乞採臣此意，速降指揮與杜杞，令所在張牓，使賊聞知，所貴投賊之人懷疑不納，但

無謀主尚可剪除取進止

論宜專責杜杞捕賊劄子 同前

臣伏見昨張海等賊勢初盛之時一有言字京西未有得力官吏遂自朝廷差臺官蔡禀催督一作監催捉殺後來已別選杜杞充京西轉運使委以一路之事兼近日差出兵馬甚多分為頭項不少部分一作內進退須要統一指蹤一作縱號令不可二三竊慮杜杞蔡禀不相叶同各出異見凡指揮諸事使諸將難從一失事機反成敗誤自兵士差出今已多時然未聞奏報與賊鬭敵及殺獲次第竊慮官兵互相迴避空作往來或

恐進退之間號令不一致茲逗遛未見成功今雖賊奏稍稀然亦未見殺獲之數困獸猶鬬不可不虞寇死命窮（一作寇賊死命）恐未易敵合早除剪仍（一作切）須（一作須由）督責況蔡禀是應急差出杜杞乃選材用之責任之間宜專在杞兼聞蔡禀自到京西處置多未合宜近聞欲枷一巡檢致得兵士喧譟幾至生變苟或如此張皇竊恐别致生事其蔡禀伏乞早賜指揮抽回只委杜杞一面催捉庶得（一作使）事一早能（一作得）了當取進止

論江淮官吏劄子 同前

臣聞江淮官吏等各為王倫事奏案已到多時而尚未聞斷遣仍聞議者猶欲一作為寬貸臣聞昨來江淮官吏或斂物獻送或望賊奔迎或獻兵甲或同飲宴臣謂倫一叛卒偶肆猖狂而官吏敢如此者蓋知賊可畏而朝廷不足畏一有故字也今若更行寬貸則紀綱隳壞盜賊縱橫天下大亂從此始矣何以知之昨王倫事起江淮官吏未行遣之間京西官吏又已弃城而走望賊而迎若江淮官吏不重行遣則京西官吏亦須輕恕京西官吏見江淮官吏已如此則天下諸路亦指此兩路為法在處官吏皆迎賊弃城獻兵

納物矣則天下何由不大亂也臣伏思祖宗艱難創造基圖陛下憂勤嗣守先業而一旦四夷外叛盜賊内攻其壞之者誰哉皆由前後迂繆之臣因循寬弛使朝威不振綱紀遂隳今已壞之至此而猶不革前非以寬濟寬何以救弊如晁仲約等情法至重俱合深行議者無由曲解或聞以謂自是朝廷素不為備不可全罪外官假如有殺父與兄者豈可只言自是朝廷素無教化而不罪殺親之人又如有人掠奪生人男女金帛不可只言自是朝廷素無禮讓而不罪劫人之賊迂儒不可用可笑如此李熙古豈獨是朝

廷素有備之州傳永吉豈獨是朝廷素練之兵蓋用命則破賊矣今朝廷素無禦備爲大臣者又不責之守州縣者合有罪又寬之天下之事何人任責竊緣韓綱是大臣之家父子兄弟並（一作盡）在朝廷權要之臣皆是相識多方營救故先於江淮官吏寬之只要韓綱行遣不重今大臣不思國體但樹私恩惟陛下以天下安危爲計出於聖斷以勵群下則庶幾國威粗振賞罰有倫其晁仲約等乞重行朝典乞不寬恕

取進止

奏議卷第六

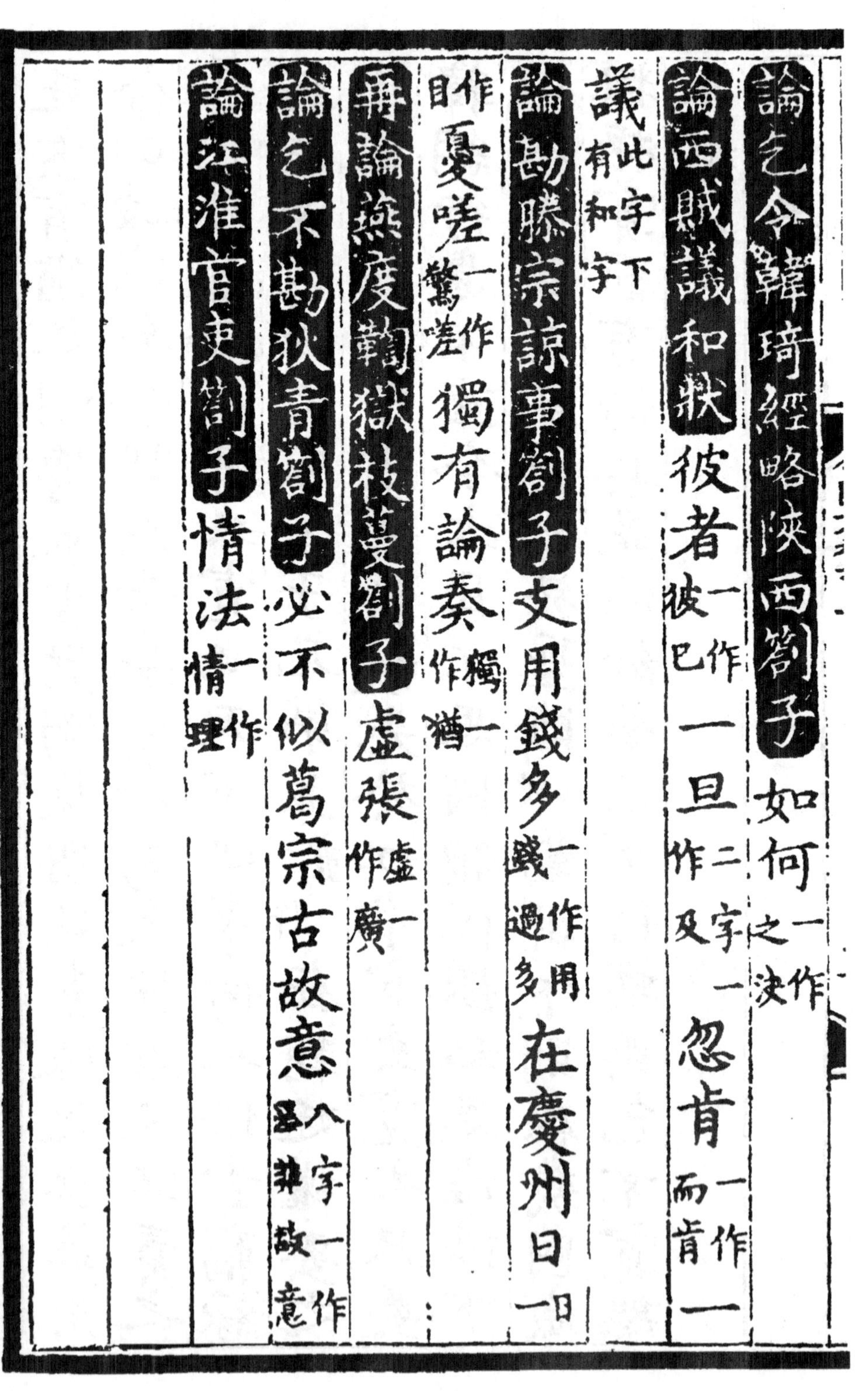

論乞令韓琦經略陝西劄子　如何（一作之決）

論西賊議和狀　彼者（一作彼已）一旦（二字一作及）怨肯（一作而肯）一議（此字下有和字）

論勘滕宗諒事劄子　支用錢多（一作用錢過多）在慶州日（一作日目）憂嗟（一作驚嗟）獨有論奏（獨一作猶）

再論燕度鞫獄枝蔓劄子　虛張（虛一作廣）

論乞不勘狄青劄子　必不似葛宗古故意（八字一作必非故意）

論江淮官吏劄子　情法（一作情理）

奏議卷第七

諫院

論捕賊賞罰劄子 慶曆三年

臣伏見方今天下盜賊縱横王倫張海等所過州縣縣尉巡檢有迎賊飲宴者有獻其器甲者有畏懦走避者有被其驅役者朝廷於此憂賊之時正患乏人之際或於巡檢縣尉之内得一捕賊可使之人則必須特示旌酬以行激勵苟或未能者猶須懸賞以待之何況有而失賞伏見吏部選人區法自出身以來兩任縣尉初任臨江軍新淦縣三年之内大小賊盜

獲四十餘火內雖小盜數多其如強劫群賊亦不為少據於賞格合改京官而有司守纖細之文執尋常之例謂其所獲雖為全火而不同時因不與理為勞績臣料一作謂天下州縣盜賊之多無如新淦天下縣尉能捉賊之多亦無如區法又聞法次任吉水縣尉使其縣民結為伍保至今吉水一縣全無盜賊民甚便之法為縣尉官至卑賊所至之處皆有可稱臣思朝廷非不欲賞善罰惡以行勸戒而患於有司法弊拘守常文致抑才能失於旌賞其區法偶與臣相識因得知之然人所不知抑而不申者何可勝數竊以

盜賊是方今急患縣尉方今切要之人皆朝廷常合留意之事臣輒有起請事件具畫一如後

一選人區法捕賊之効甚多但爲有司拘守細碎之文不理勞績其人已升得職官伏乞追取本人歷子別加考驗如實有勞能即乞不拘常格特與酬獎以勸後來

一臣謂天下群盜縱橫皆由小盜合聚今但患其大而不防其微故必欲止盜先從其小能絕小盜者巡檢縣尉也然而賞罰之法其弊極多只如捕盜去惡但要淨盡豈必須是一日之內同

時捕獲假如有全火強盜縣尉巡檢以死命鬬敵若於兩日内捉盡已不理為勞績其守文之弊如此極多欲乞下銓司重定捕賊賞格施（一作須）行

一臣伏見自天下有盜賊以來議者多陳禦盜之策皆欲使民結為伍保則姦惡不容今區法於吉水縣立伍保之法三年之内劫賊不敢入其縣界臣欲乞特降指揮下江南西路體量吉水縣自區法創立伍保之法以來如實全無劫賊又（又一作）民間以為便利即乞須行伍保之法於

天下

右謹具如前取進止

論光化軍叛兵家口不可赦劄子 同前

臣竊見近日盗賊縱横張海等二三百人未能敗滅光化軍宣毅又二三百人作亂臣謂朝廷致得盗賊如是者不惟中外無備盖由威令不行昨王倫賊殺主將自置官稱着黄衣改年號事狀如此乃是反賊使其不敗為患如何既敗之後不誅家族凡小人作事亦須先計成敗今使其事成則獲大利不成則無大禍有利無害誰不欲反只如淮南一帶官吏與王

倫飲宴率民金帛獻送開門納賊道左參迎苟有國法豈敢如此而往來取勘（一作會）已及半年未能斷遣古者稱罰不踰時所以威激士衆今遲緩如此誰有懼心遂致張海等官吏依前迎奉順陽縣令李正已延賊飲宴宿于縣廳恣其劫掠鼓樂送出城外其人敢如此者蓋爲不奉賊則死不奉朝廷則不死所以畏賊過如畏國法臣恐朝廷威令從此遂弱盜賊竟勢從此轉強臣聞刑期無刑殺以止殺寬猛相濟用各有時伏望陛下勿採迂儒所說婦人女子之仁尚行小惠以誤大事其宣毅兵士必有家族伏乞盡戮

於光化市中使遠近聞之悚畏以止續起之賊其李正己仍聞已有臺憲上言亦乞斬於鄧州使京西一路官吏聞之畏恐知國法尚存不敢奉賊從來只被迂懦之人因循不斷誤陛下事壞得天下事勢已如此不可更循舊弊有失威斷惟陛下力行之取進止

薦李允知光化軍劄子同前

臣近爲光化軍遭韓綱酷虐致得兵士作亂曾薦國子博士李允前知光化軍日軍民畏愛乞却令依舊知軍不蒙朝廷施行近聞光化軍兵民官吏列狀奏乞李允知軍正與臣等所言符合臣等職在諫諍事

無大小只要上益朝廷下叶物議今來所薦李允臣皆不識其面但採訪得此人實有吏才在光化日甚有惠政當此軍城賊一作燒劫之後此人必可撫綏今朝廷只見臣等薦論未賜深信既是本軍陳乞可以不疑朝廷前來失選良吏致因韓綱暑虐軍城今又不能別選良吏撫綏殘破致使軍民自乞一舊知軍若又不與則臣恐軍民怨怒變亂復生其李允伏乞依光化軍民所請却令知軍取進止

論韓綱棄城乞依法劄子同前

臣伏見前知光化軍韓綱近為酷虐兵士致兵士等

作亂攻劫州縣，驚動朝廷，上貽君父之憂，下致生民之患，而又不畏法棄城，遁走其罪狀顯著，便合誅夷。朝廷慎於用刑，尚令勘鞫，至今多日未見施行。竊以斷獄之議不過兩端而已，有正法則依法，無正法則原情。今韓綱所犯法有明文，情無可恕。謹按律文，主將守城爲賊所攻，不固守而棄者斬。此韓綱於法當斬有明文也。綱不能撫綏士卒，致其叛亂，但其棄城而走，情最難容。當初亂兵未有器械，韓綱手下自有六十餘人不亂兵士，又有官庫器甲，既不能盡力禦捍，又不能閉城堅守，公然將手下兵士並送全家上船便棄牌印城池而去，致兵之亂起自綱身。臨難逃身而不死，國方今盜賊可憂之際，若使天下州縣皆効韓綱，見賊便走，則在處城池皆為賊有。陛下州縣誰肯守之？此韓綱之情又無可恕也。綱之一死，理在不疑（一有然字）。外人但見拖延多日，未行斷決，皆謂朝廷好行姑息，漸有恩貸之意。又緣綱是大臣家子，作如此大過，生如此大患，犯如此大刑名，若曲法不行，即不知（一作今後）孤寒有罪者何以行法？其韓綱伏望聖慈出於睿斷，早賜依法施行。取進止。

論乞賑救飢民劄子 慶曆三年

臣伏見近降大雪雖是將来豐熟之兆然即日一作月陝西飢民流亡者衆同華河中尤甚往往道路遺弃小兒不少只聞朝旨令那移近邊兵馬及於有官米處出糶此外未聞别行賑救此急在旦夕不可遲回其遺弃小兒亦乞早降指揮令長吏收卹仍聞京西東大雪不止毁折桑柘不少竊慮向去絲蠶税賦無所出致貧民起為盜賊亦乞特降指揮體量臣竊見國史書祖宗朝每奏一兩州軍小有災傷亦隨多少賑卹或蠲免税租蓋以所放者少不損國用又察民疾苦微細不遺所以國恩流布民不怨嗟不必須待

災傷廣闊方行賑救也方今人貧下怨之際不厭頻推恩惠伏望聖慈特賜矜憫取進止

論救賑雪後飢民劄子 同前

臣風聞京城大雪之後民間飢寒之人甚多至有子母數口一時凍死者雖豪貴之家往往亦無薪炭則貧弱之民可知矣蓋京師小民例無蓄積只是朝夕旋營口食一日不營求則頓至乏絕今大雪已及十日使市井之民十日不營求雖中人亦乏絕矣況小民哉雪於農民雖為利澤然農畝之利遠及春夏細民所苦急在目前日夕已來民之凍死者漸多未聞

官司有所賑救欲乞特降聖旨下開封府或分遣使臣遍録民間貧凍不能自存者量散口食并各於有官場柴炭草處就近支散救其將死之命至於諸營出軍家口亦宜量加存卹以示聖恩所散不多所利者衆仍令兩府條件應有軍士在外辛苦及民人支移税賦殘零輸送艱辛等處並與擘畫早加存卹若使戍兵愁苦道路怨嗟飢凍之尸列于京邑則大雪之澤其利未見而數事之失所損已多伏乞聖慈特賜留意取進止

論澧州瑞木乞不宣示外廷劄子同前

臣近聞澧州進柿木成文有太平之道四字其知州馮載本是武人不識事體便爲祥瑞以媚朝廷臣謂前世號稱太平者須是四海晏然萬物得所方今西羌叛逆未平之患在前北虜驕倖藏伏之禍在後一患未滅一患已萌加以西則瀘戎南則湖嶺凡與四夷連接無一處無事而又内則百姓困弊盜賊縱横昨京西陝西出兵八九千人捕數百之盜不能一時剪滅只是僅能潰散然却於别處結集今張海雖死而達州軍賊已却百人又殺使臣其勢不小興州又奏八九十人州縣皇皇何以存濟以臣視之乃是四

海騷然萬物失所實未見太平之象臣聞天道貴信示人不欺臣不敢遠引他事只以今年内事驗之昨夏秋之間太白經天累月不滅金木相掩近在端門考於星占皆是天下大兵將起之象豈有纔出大兵之象又出太平之道一無道字字一歲之内前後頓殊豈非星象麗天異不虛出凡一作宜於戒懼常合脩省而草木萬類變化無常不可信憑便生懈怠臣又思若使木文不僞實是天生則亦有深意蓋其文止曰太平之道者其意可推也夫自古帝王致太平皆自有道得其道則太平失其道則危亂臣視方今但見其

失未見其得也願陛下憂勤萬務舉賢納善常如近日不生逸豫則三二歲間漸期脩理若以前賊張海等小衰便謂後賊不足憂以近京得雪便謂天下大豐熟見北虜未來便謂必無事見西賊通使便謂可罷兵指望太平漸生安逸則此瑞木乃誤事之妖木耳臣見今年（一作頃見太平州）曾進芝草者今又進瑞木竊慮四方相效争造妖妄其所進瑞木伏乞更不宣示臣寮仍乞速詔天下州軍告以興兵累年四海困弊方當責己憂勞之際凡有奇禽異獸草木之類並不得進獻所以彰示聖（一作明）德感勵臣民取進止

論美人張氏恩寵宜加裁損劄子同前

臣近風聞禁中因皇女降生於左藏庫取綾羅八千疋染院工匠當此大雪苦寒之際敲冰取水染練供應頗甚艱辛臣伏思陛下恭儉勤勞愛民憂國以此勞人枉費之事必不肯爲然外議相傳皆云見今染練未絶臣又見近日内降美人張氏親戚恩澤太頻臣忝爲諫官每聞小有虧損聖德之事須合力言難避天譴臣竊見自古帝王所寵嬪御若能謙儉柔善不求恩澤則可長保君恩或恣意驕奢多求恩澤則皆速致禍敗臣不敢遠引古事只以今宫禁近事言

之陛下近年所寵尚氏楊氏俞氏苗氏之類當其被寵之時驕奢自恣不早裁損及至滿盈今皆何在況聞張氏本良家子昨自脩媛退爲美人中外皆聞以謂與楊尚等不同故能保寵最久今一旦宮中取索頗多恩澤日廣漸爲奢侈之事以招外人之言臣不知陛下欲愛惜保全張氏或欲縱恣而敗之若欲保全則須常令謙儉不至驕盈臣料八千疋綾羅豈是（一作必非）張氏一人獨用不過支散與衆人而已乃是枉費財物盡爲衆人至於中外譏議則陛下自受以此而言廣散何益昨正月一日曹氏封縣君至初五日

又封郡君四五日間兩度封拜又聞別有内降應是踈遠親戚盡求恩澤父母因子而貴可矣然名分亦不可太過其他踈遠皆可減罷臣謂張氏未入宫之前踈遠親戚各皆何在今日富貴何必廣爲開人個招謗議以累聖德若陛下只爲張氏計亦宜如此況此事不獨爲張氏大凡後宫恩澤太多宫中用度奢侈皆是斵損聖德之事繫於國體臣合力言伏望聖慈防微杜漸早爲裁損取進止

論乞止絶河北伐民桑柘劄子 同前

臣風聞河北京東諸州軍見修防城器具民間配率

甚多澶州濮州地少林木即令澶州之民為無木植送納盡伐桑柘納官臣謂農桑是生民衣食之源租調繫國家用度之急不惟絶其根本使民無以為生至於供出賦租將來何以取足臣伏思兵興以來天下公私匱乏之者殆非夷狄為患全由官吏壞之其誅剥瘦民為國斂怨蓋由郡縣之吏不得其人故臣前後累乞澄汰天下官吏者蓋備見其弊如此也今澶州之民驟罹此苦豈非長吏非才處事乖繆所致兼聞澶州民桑已伐及三四十萬株竊慮他郡盡皆効此伏乞早賜旨揮禁絶其合用材木仍乞下轉運司

令相度漸次那容準備其澶州人户經伐桑者乞差官檢覆量多少與權免將來絲綿紬絹之税竊以軍國所須出自民力必欲外禦契丹之患常須優養河朔之民若使道路怨嗟人心離叛則内外之患何以枝梧伏望聖慈特賜留意取進止

論方田均税劄子 同前

臣竊見近有臣寮上言均天下税賦已送三司商量施行臣嘗聞自前諸處亦曾有均税者多是不知均定税一作之術或嚴行刑法或引惹詞訟或姦民欺隱或官吏誅求税未及均民已大擾臣前任通判滑州

日有秘書丞孫琳與臣同官其人言先差往洛州肥鄉縣與郭咨均税，剏立千步方田法，括定民田，並無欺隱，亦不行刑罰，民又絕無詞訟，其時均定税後逃户歸業者五百餘家，復得税數不少，公私皆利，簡當易行。其千步均田法自有制度二十餘條。臣在滑州時，因聞此事，遂略行體問隣近州軍大率税賦失陷一半，方欲陳述乞行。琳等均田之法，今來已有臣寮上言均税事，竊慮未得千步方田簡當之法。其孫琳見任滑州職官，郭咨爲崇儀副使在外，欲乞召此二人送三司，令一處商量。一有「取進止」字

奏議卷第七

薦李知充光化軍劄子　允臣（此下少一等字）失選（一作不能選）

論韓綱棄城劄子　其棄城（一作棄其城）在處城（在一作到）

論乞救賑飢民劄子　京西東（一作京東京西）免稅租（稅租一作免租稅）

論澧州瑞木劄子　未來（一字一作不舉兵）

論美人張氏恩寵劄子　以此勞人（以一作似）

論方田均稅劄子　郭諮（一作諧）

奏議卷第八　　歐陽文忠公集一百四

諫院

論張子奭恩賞太頻劄子 慶曆四年

臣風聞知汝州范祥爲相度陝西青白鹽勑差張子奭權知汝州子奭自選人二年内遷至員外郎朝廷之意雖曰賞勞而天下物議皆云僥倖蓋以子奭宣勞絶少止兩次而遷官恩賜已數重自古賞功不過一次一作賞賞之不已故難弭人言初自選人改京官曰賞勞未及二歲改秘書丞又曰賞勞賜以章服又曰賞勞秘書丞不久又轉官又曰賞勞合得太常博

士超遷員外郎又曰賞勞後行祠部爲名曹又曰賞勞作京官合作知縣而作簽判又曰賞勞一任未滿合更有一任知縣又超通判差遣又曰賞勞此所以外人之議不允也况范祥暫出勾當只合交割以次官員或轉運司自差人權今朝廷差人已是失體又於子奭爲此僥倖今朝臣待闕在京者甚衆豈無一人堪權知州者朝廷每用一人必當使天下人服今每一差遣則物議沸騰累日不息昔五代桑維翰爲晉相一夕除節度使十五人爲將而人皆服其精今中書差一權知州而不能免人譏議者蓋事無大小

當與不當而已其張子奭伏乞追寢權差之命仍乞今後外處差出知州只委本路轉運使差官權至於賞罰之柄貴在至公今莫大之罪不過一刑而止豈有勞者終身行賞而不已亦乞今後有勞効之人量其大小一賞而止若其別著能効則拔擢自可不次人亦自然無言伏以朝廷用人惟患守例而不能不次選任但不涉於僥倖實有材藝之人誰敢有言子奭作使西鄙不謂無勞但恩典已優於賞已足可惜令天下指為僥倖之人而掩其前効況又上虧朝政不可不思取進止

論救賑江淮飢民劄子 同前

臣伏見近出内庫金帛賜陝西以救飢民風聞江淮以南今春大旱至有井泉枯竭牛畜瘴死雞犬不存之處九一作春農失業民庶嗷嗷然未聞朝廷有所存卹陛下至仁至聖憂民愛物之心無所不至但患遠方疾苦未達天聰苟有所聞必須留意下民疾苦臣職當言昨江淮之間去年王倫蹂踐之後人户不安生業倫賊纔滅瘡痍未復而繼以飛蝗自秋至春三時亢旱今東作已動而雨澤未霑此月不雨則終年無望加又近年已來省司屢於南方歛率錢貨而轉

運使等多方刻剥以貢羨餘江淮之民上被天災下苦賊盜内應省司之重斂外遭運使之誅求比於他方被苦尤甚今若不加存卹將来繼以凶荒則飢民之與疲怨者相呼而起其患（一有害字）不比王倫等偶然狂叛之賊也臣以為（一作謂）民怨已久民疲可哀困其甚困（一作困時）宜速賜（一作施）惠不惟消弭盜賊之患兼可以慰其疲怨之心伏望聖慈特遣一二使臣分詣江淮名山祈禱雨澤仍下轉運并州縣各令具逐處亢旱次第奏聞及一面多方擘畫賑濟窮民無至失時以生後患取進止

論內出手詔六條劄子 同前

臣伏聞近出手詔條六事以賜兩府大臣有以見陛下憂勤責任之意然而天下紀綱隳壞皆由上下因循一旦陛下奮然雖有責成之心而大臣尚習因循之弊不能力行改作以副聖懷自去年范仲淹韓琦等特被選擢陛下尋開天章閣召見而大臣遞互相推並不建明一事以救天下之弊洎至內出手詔范仲淹富弼等方始各條數事至今半年有餘或寢而不行或行而不盡或雖行而未有明効今陛下又以六事責之臣恐兩府大臣依前無以上副憂勤之意

下救當今之急臣願陛下不因常例奏事之時特御便殿召兩府大臣賜坐先戒以不得推避緘默後以當今大務問之須令有所陳述所問之急不過三四大事而已二虜交侵一也三路禦備之術何者可以易行而速効二也百姓困匱國用不足何以使公私俱濟三也若兩府大臣於此三事能其一者便委其專管示以責成可也若其不然臣恐手詔屢出聖意雖勞而大臣相推終未濟事陛下必欲速救時弊非專任而切責之不可也取進止

論葬荆王劄子　同前

臣伏覩朝旨雖差宋祁監護故荆王葬事然未見降
下葬日及一行事件或聞以歲月不利未可葬或聞
有司以財用不足乞且未葬夫陰陽拘忌之説陛下
聰明睿聖必不信此巫卜之言而違禮典但慮議者
堅執方今財用不足不可辦葬陛下聞有勞民枉費
之説則不得不慮因以遲疑臣謂前後勑葬大臣浮
費枉用之物至多豈是朝廷本意皆為主司措置之
失致人因縁以為姦爾今若盡節（一作減仍有其字）浮費及
絶其侵蠹而使用物不廣（一作多）則將復以何辭而云
不葬臣不知所（一作有）司曾將一行用度計定大數否

内若干是浮費若干是實用若實用之物數猶至多而力不可辦則緩之可也若實用之物少只是舊例浮費多則可削去浮費而已今都不一作未計度而但云無物可葬則不可也未見實用之數多少不量力能及否而曰必須遵禮而曰必須葬亦未可也如臣愚見酌此兩端葬則爲便然須先乞令王堯臣宋祁等將一行合用之物列其名件内浮費不急者一一減去之若只留實用之物數必不多假如稍多更加節減雖至儉薄理亦無害如此則葬得及時物亦不費夫儉葬古人之美節侈葬古人之惡名今避儉葬

不肯節費留喪而待有物之年以就脩葬則非臣所知也若曰儉葬亦未能辦則乃過言之甚也然外之輿議爲國家論事體者皆云葬則爲便今朝廷議者分而爲二顧物力者則不顧典禮國體論典禮國體者則不思財用辦否各執偏見議久不決以惑陛下之聰明今便葬之害一不葬之害五便葬之害不過費物然力有可爲不葬之害所失則大不肯薄葬而留之以待脩葬成王之惡名一也信巫卜之説而違典禮二也目下減節力所易爲他時豐足理或難待使皇叔之柩五七年間不得安宅而神靈無歸三也

使四夷聞天子皇叔薨而無錢出葬遂輕中國而動心四也今天下物力雖乏然凡百用度不能節費處多獨於皇叔之身有所裁損傷陛下孝治之美五也此臣所謂葬則爲便者也荆王於國屬最尊名位最重伏乞早令定議無使後時取進止

論葬荆王（後贈燕王）一行事劄子　同前

臣風聞已有聖旨荆王葬事令三司與太常禮院及監葬官等同議減節浮費此足見陛下厚於皇叔之恩念民惜費之意一舉而兩得也然臣每見朝廷作事欲愛民節用而常枉費勞人蓋爲議事之初不得

其要或失於不精審者有四民間不科配一也州縣供應物有定數二也送葬之人在路禁其呼索三也州縣官吏不得過外供須以邀名譽四也茍絶此四者則無大患矣昨京西一路遭張海驚劫之後不可更有誅求臣今欲乞指揮三司應是合要之物並須官給不得民間科買仍乞先將一行儀仗人馬并送葬人等一人以上先定人數然後劄與京西令依數供頓則可無廣費自荆王以下諸喪非至親者不必令其盡往仍乞限定人數及每人將帶隨行人數亦乞限定凡皇親及一行官吏除宿頓合供飲食外不

得數外呼索州縣官吏亦不得於官供飲食外別以諸物獻送權要其受獻送并呼索並以入已贓論仍乞（一有選字）御史裏行一人隨行糾察其數外帶人及州縣隨順呼索獻送物等官吏物出於已亦從違制若託以供應爲名於民間賤買及率掠者皆以枉法贓論如此防禦方可杜絶浮費以稱陛下厚親節用之心

論燕王子允良乞未加恩劄子 同前

臣伏見昨燕王初薨其子允良於苫塊中便答書題仍不稱孤子不落官銜今閭巷民家猶能檢按書儀

粗知喪禮而允良爲國宗屬全然不曉人事京師士流聞傳說爲笑有玷聖朝又聞燕王諸子皆失教訓自其父病多不躬侍湯藥纔至父死便乞家財管勾居喪之禮亦無哀戚臣伏見近降詔敕約束補廕子弟須是（一作令）習（一無習字）試經業蓋謂訓誘臣寮子弟欲爲臣下立家至於宗室之親號爲藩屏全不訓誨使其不知禮義不及民間之子而不孝之聲流聞中外其允良等過失伏慮陛下仁慈以睦宗族未欲別行責罰只乞不緣燕王薨謝別加恩典且與裁抑令其知過俟其向後改悔遷善方與加恩仍乞明以此意

戒諭近（一作所）貴，其餘宗室聞之，各思嚮善，不使外人非笑，玷辱皇風。取進止。

論乞與元昊約不攻唃廝囉劄子（同前）

臣風聞魚周詢、余靖、孫抃等奉使北虜，皆有事宜。為（一無為字）北虜中詰問元昊通和之意，將來必須因此別與朝廷生患。又聞虜人已欲議移界至，漸亦相侵，禍亂之萌，其端可見。臣自去年春始蒙聖恩擢在諫列，便值朝廷與西賊初議和好，臣當時首建不可通和之議，前後具奏狀劄子十餘次論列，皆言不和則害少，和則害多，利害甚詳，懇切亦至。然天下之士無一人助臣言朝廷之臣無一人採臣說今和議垂就禍胎已（一作以）成而韓琦自西來方言和有不便之狀余靖自北至始知虜利急和之謀見事何遲雖悔無及當臣建議之際衆人方欲急和以臣一人誠難力奪衆議今韓琦余靖親見二虜事宜中外之人亦漸知通和為患臣之前說稍似可採但願大臣不執前議早肯回心則於後悔之中尚有可為之理昨來許賊之物數（一作識）已太多然尚有禁青鹽還侵地等事非賊所利幸其因此自絶不遣人來朝廷深戒前非慎自持重因而罷議不落賊計則轉禍為福後策可為

若賊志愈驕貪心未滿復遣一作馳人使更有須求則假此爲名亦可拒絶今通和之事爲中國之患大爲二虜之利深萬一西賊貪深利而不惜侵地更無他求急來就和則此時取舍便繫安危陛下宜詔執一作報議之臣定果決之計認賊肯和之意知我害彼利之謀尤須多方以事拒絶臣計西賊無故而請和者不止與北虜通謀共困中國兼欲詐謀款我併力以吞唃厮囉摩旃瞎旃之類諸族地大力盛然後東向以攻中國耳今若未有他計拒其來和則當賜以詔書言唃厮囉等皆受朝廷官爵父子爲國蕃臣今若

講和則不得攻此數族且攻此數族是賊本心所貪聞我此言必難聽約用此爲説亦可解和臣所以區區惟願未和者蓋臣愚慮知不和患輕易爲處置和後患大不可枝梧臣前後奏章論列已備此乃天下安危大計聖心日夜所憂臣爲言事之官見利害甚明若不極言罪當誅戮伏望聖慈特賜省覽取進止

論更改貢舉事件劄子 同前

臣竊聞近有臣寮上言請改更貢舉進士所試詩賦策論先後事已下兩制詳議伏以貢舉之法用之已久則弊一有理字當變更然臣謂必先知致弊之因方可

言變法之利今貢舉之失者患在有司取人先詩賦而後策論使學者不根經術不本道理但能誦詩賦節抄六帖初學記之類者便可剽盜偶儷以應試格而童年新學全不曉事之人往往幸而中選此舉子之弊也今爲考官者非不欲精較能否務得賢材而常恨不能如意太半容於繆濫者患在詩賦策論通同雜考人數既衆而文卷又多使考者心識勞而愈昏是非紛而益惑故於取捨往往失之者此有司之弊也故臣謂先宜知此二弊之源方可言變法之利今之可變者知先詩賦爲舉子之弊則當重策論知

通考紛多爲有司之弊則當隨場去留而後可使學者不能濫選一作進考者不至疲勞一作濫選今若不改通考之法而但更其試日之先後則於革弊未盡其方凡臣所請者若漫然泛言之恐不能盡其利害請借二千人爲率以明變法之便謹條如左

凡貢舉舊法若二千人就試常額不過選五百人每年到省就試及取人之數大約不過此是於詩賦策論六千卷中每一人三卷選五百人而日限又迫使考試之官殆廢寢食疲心竭慮因勞致昏故雖有公心而所選多濫此舊法之弊也今臣所請者寬其日

限而先試以策而考之擇其文辭鄙惡者文意顛倒重雜者不識題者不知故實略而不對所問者（限以事件若干以上）誤引事迹者（亦限件數）雖能成文而理識乖誕者雜犯舊格不考式者凡此七等之人先去之計於二千人可去五六百以其留者次試以論又如前法而考之又可去其二三百其留而試詩賦者不過千人矣於千人而選五百則少而易考不至勞昏考而精當則盡善矣縱使考之不精亦選者不至大濫蓋其節抄剽盜之人皆以先經策論去之矣（策論逐場旋考則卷子不多考

官不至勞昏去留必不誤比及詩賦皆是已經策論粗有學問理識不至乖誕之人縱使詩賦不工亦足以中選矣如此可使童年新學全不曉事之人無由而進此臣所謂變法必須隨場去留然後能革舊弊者也其外州解送到且當博採秪可盡令試策要在南省精選若省牓奏人至精則殿試易為考矣故臣但言南省之法此其大槩也其高下之等仍乞細加詳定大率當以策論為先

右臣所陳伏乞特加詳覽苟有可採即乞降付有司與前所上言參同詳議著于令式謹具狀奏聞

論臣寮不和劄子同前

臣伏覩方今夷狄外彊，公私内困，盗賊並起，蝗旱相仍。陛下軫念生民，深思禍患，憂勤之意，夙夜焦勞。而中外臣寮未能爲國家慮遠謀，建長策，少濟時事，以竟聖懷。近日以來，風俗尤薄，搢紳之列，不務和同，或徇私意以相傾，或因小事而肆忿，紛然毁訾，傳布道塗，飾己短以遂非，各期必勝，進偏辭而互説，上惑聖聰。當陛下思念遠圖之時，致陛下日厭紛紜之議，至於朝廷得失，邦國安危，熟視恬然，各思緘默。陛下仁慈睿聖，務存大體，未欲明行責罰，以戒澆浮。伏望聖

慈特降詔書戒勵中外革玆時弊各使同心憂國捨小謀大然後陛下不為小事紛紜煩於聽覽則可以坐運籌以康時難取進止

論三司判官擇人之利劄子 慶曆四年

臣伏見近差薛紳為轉運使紳是三司判官資例合作轉運使然外人議論未允者若（以一作）昔日差人更有不如紳者亦不足怪蓋見朝廷近更新制不次用人凡舊轉運使稍不材者悉令換易忽見却用薛紳所以人言未允昨來京東用沈邈替却（一無却字）是宗簡今用薛紳又更不及宗簡此臣之所未喻也平時

無事公私上下從容吏無大小奉法守常而已所以齪一作齷齪廉謹不為大過雖庸暗繆懦者皆可苟祿偷安而朝廷可以不擇賢愚一例差撥官雖漸濫猶未敗誤今天下事勢豈比嚮時盜賊縱橫而州郡無備公私困乏而用度轉多賦役繁興而人户凋耗雖有出人之才尚恐不能了事豈可尚循舊例依次用人一作撥入然臣竊思方今中外差除未肯脫去舊例如紳之輩謂其已作省判須且依例除轉運以此思之若省判須令一作合作轉運則弊在差省判之時不早慎擇也夫前已濫者不能驟去後來者又不擇之永無

澄清之時矣臣今欲乞詳定差省判之法每遇闕人或令本省使副自舉或朝廷先擇舉主令舉主擇人但重其保任同罪之法而不必限其資序如此則省判得人省判得人則將來有好轉運使有好轉運使則逐路澄清民紓用足以此而言擇得一省判為數十州民之福其利甚大夫得人為利甚大則失人為害亦大矣伏望聖慈留意裁擇取進止

詳定貢舉條狀一作議科場奏狀慶曆四年

初范仲淹等欲復古勸學詔近臣議於是翰林學士宋祁御史中丞王拱辰知制誥張方平歐陽脩殿中侍御史梅摯天章閣侍講曾公亮王洙右正言孫甫監察御史

（劉湜九人同上此奏其文則出公手元在外制集今移入此卷）臣等準勑差詳定貢舉條制者伏以取士之方必求（一作責）其實用人之術當盡其材今教不本於學校士不察於鄉里則不能覈名實有司束（一作求）以聲病學者專於記誦則不足盡人材此獻議者所共以為言也臣等參考衆說擇其便於今者莫若使士人（一作皆）土著而教之於學校然後州縣察其履行則學者修飭矣故為學制（一作立學）合保薦送之法夫上之所好（一作設法）下之所趨也今先（一有舉字）策論則文辭者留心於治亂矣簡其（一無此字）程式（一作試）則閎博者得以馳騁矣問

以大義則執經者不專於記誦矣〔一本其詩賦之未能自肆者至此所謂盡人之材者也在此下〕故為先策論過落簡詩賦考式問諸科大義之法此數者〔一有皆字〕其大要也其詩賦之未能自肆〔一作新〕者雜用今體經術之未能亟通者尚依舊科則中常之人皆可勉及矣此所謂〔一作為〕盡人之材者〔一無此字〕也其〔一有它字〕通禮一有司之所習及〔一無此九字〕州郡封彌謄録進士諸科帖經〔一作貲帖〕之類皆細碎而無益者一切罷之凡其所為〔二字一作為法者〕皆申之以賞罰而勸焉如此則養士有素〔一作業〕取材不遺〔一有為治之本也五字〕苟可施行望賜裁擇

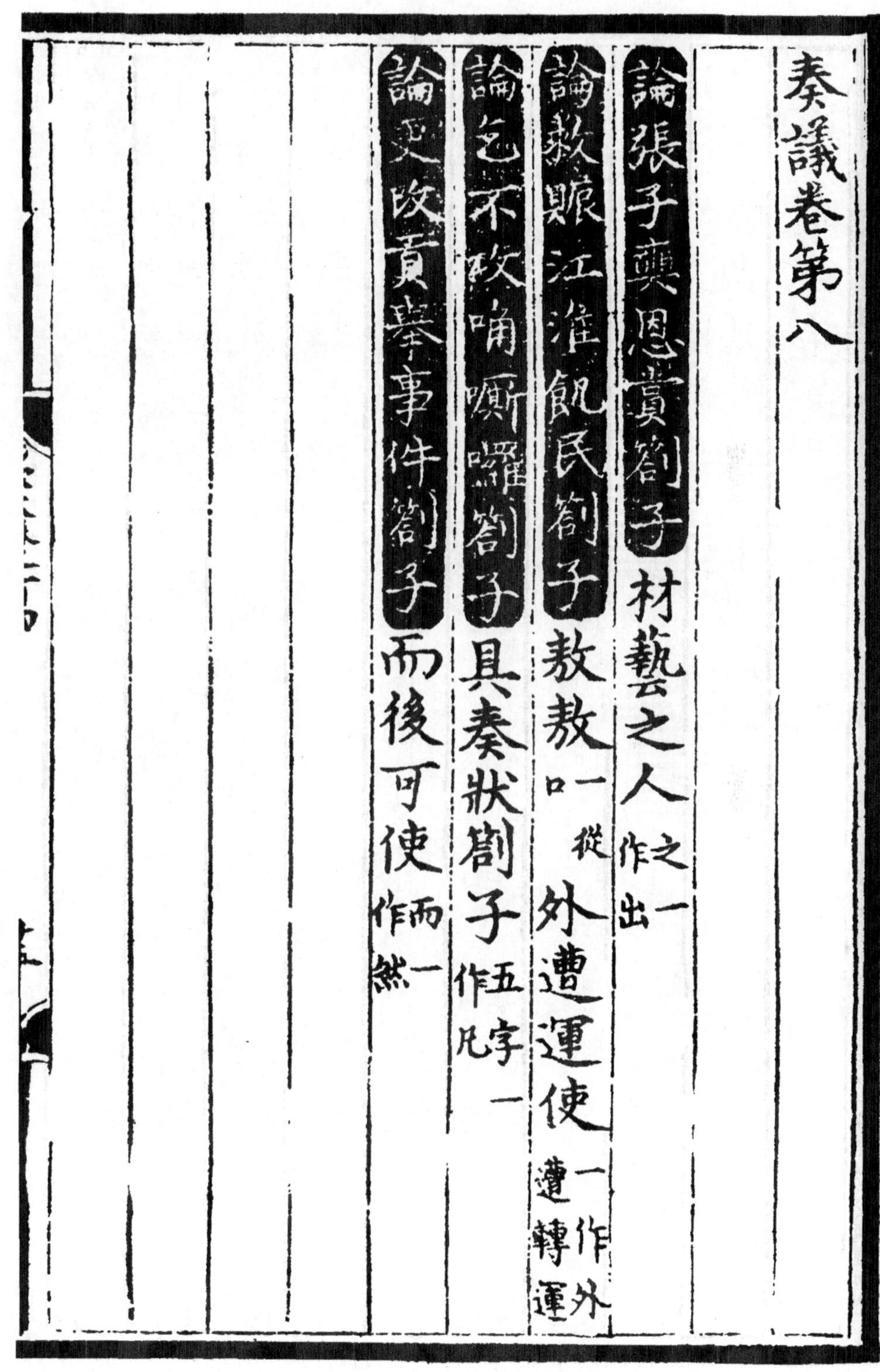

奏議卷第八

論張子奭恩賞劄子 材藝之人之一作出

論救賑江淮飢民劄子 敷敷一從口外遭運使一作外遭轉運

論乞不受嗣喃嘶囉劄子 具奏狀劄子五字一作凡

論更改貢舉事件劄子 而後可使而一作然

諫院

論討蠻賊任人不一劄子 慶曆四年

臣甞患朝廷處事不早及其臨事草草便行應急倉皇常多失誤昨湖南蠻賊初起一作動自昇州差劉沆知潭州授龍圖閣學士令專了蠻事沆未到湖南又差楊畋作提刑又令專了蠻事畋未到續後又差周陵為轉運使令專了蠻事周陵差勑未到又自朝廷遣王綵安撫令專了蠻事王綵方在路又自淮南遣徐的往彼令專了蠻事不惟任人不一難責成功兼

此數人一時到彼不相統制凡於事體見各不同使彼一方從誰則可若所遣皆是才者則用才不在（一作必）人多若遣不才雖多適足為害此臣所謂臨事倉皇應急草草之失也今劉沆自守方面不可動楊畋周陵自是本路不可動徐的於數人中最才又是朝廷最後差去可以專委責成其間惟有王絲一人在彼無用可先抽回近聞（一作覩）絲有奏請欲盡驅荆南土丁往彼捉殺臣曾諳官荆楚備知土丁子細若果如此則必與國家生患朝廷已不從之然絲處事可見矣若絲到彼默然端坐並無所為一任徐的等璧

畫則絲在彼何用自可召還若以其身是臺官出禀朝命耻以不才默坐於中強有施為竊慮的等不能制絲又州縣畏絲是朝廷差去從其所見誤事必多一有臣字尚恐大臣有主張絲者遂非偏執曲庇於絲不欲中道召田彰已知人之失護其不才之耻未肯抽田即乞諭徐的事了賊事只令絲至一路州軍遍行安慰訖即速還庶不敗事取進止

論湖南蠻賊可招不可殺劄子 同前

臣風聞楊畋近與蠻賊鬬敵殺得七八十人首級仍聞入彼巢穴奪其糧儲挫賊之鋒增我士氣畋之勇

略固亦可嘉然朝廷謀慮事機宜思久遠竊恐上下之心急於平賊聞此小捷便形虛喜不能鎮靜外示輕脫其間二事尤合深思一曰不待成功便行厚賞二曰謂其可殺更不肯招苟或如此則計之大失而事之深害也今湖南捕賊者殺一人頭賞錢十千官軍利賞見平人盡殺平人驚懼盡起為盜除鄧和尚李花脚等數十（一作大）頭項外其餘隨大小成火者不可勝數今畧所擊只一洞所聚已二千餘人於二千人中殺七八十人是二十分之一其餘時暫鳥散必須復集臣見自古蠻蜑為害者不聞盡殺須是招降

昨緣邵飾等失信於黄捉鬼，遂恐更難招誘。今若因畋小勝，示以恩威，正是天與招服之（一有時字）機，不可失也。若令畋自作意度，招取大頭項者，因此小勝，傳布捷聲，其餘諸處結集者分行招誘，藉此聲勢，必可盡降，旬日之間，湖南定矣。若失此時，漸向夏熱，以我所病（一作病暑）之兵，當彼慣習水土之賊，小有敗衄，則彼勢復堅，不惟爲害湖南，必慮自此貽朝廷憂患。今於未了之間，便行厚賞，則諸處巡檢、捕賊官等見畋獲賞，爭殺平人，而畋等自恃因戰得功，堅執不招之議，朝廷亦恃畋小勝，更無招輯之心，上下失謀，必成大患其楊畋等伏乞且降敕書獎諭授與事宜俟彼招安便行厚賞今湖南賊數雖多然首惡與本賊絶少其餘盡是枉遭殺戮逼脅爲盗之徒在於人情豈忍盡殺惟能全活人命多者則其功更大仍乞明説此意諭與楊畋其賞典乞少遲留庶合事體取進止

再論湖南蠻賊宜早招降劄子 同前

臣風聞湖南蠻賊近日漸熾殺戮官吏鋒不可當新差楊畋銳於討擊與郭輔之異議不肯招降又王絲去時朝廷亦別無處分慮絲到彼與畋同謀蓋蠻賊止可招携卒難剪撲而畋等急於展効恐失事機今

深入而攻則山林險惡巢穴深遠議者皆知其不可若以兵外守待其出而擊之則又未見其利也蓋以蠻所依山在衡州永州道州桂陽監之間四面皆可出寇若官兵守於東則彼出於西官兵守於南則彼出於北四面盡守則用兵太多分兵而邀之則兵寡易敗此進退未有可擊之便也今盤氏正蠻已爲鄧和尚黄捉鬼兄弟所誘其餘山民莫傜之類亦皆自起而爲盜竊開常寧一縣殆無平民大小之盜一二百火推其致此之因云莫傜之俗衣服言語一類正蠻黄鄧初起之時捕盜官吏急於討擊逢蠻便殺屢

殺平人遂致莫保驚惶至此以此而言則本無為盜之心固有可招之理然欲諸盜肯降必須先得黃鄧昨邵飾等初招黃捉鬼之時失於恩信致彼驚逃尋捕獲之斷其脚筋因而致死今鄧和尚等若指前事為戒計其必未輕降如去且招終恐難得必須示以可信之事推以感動之恩若得黃鄧先降其餘指麾可定今深入而攻既不可待其出而擊之又不可且殺且招又不可以臣思之莫若罷兵曲赦示信推恩庶幾招之可使聽命臣亦廣詢南方來者云我若推信彼不難招鄧和尚等大則希一班行其次不過殿

侍足矣正蠻叛者得一團主之名亦足矣莫徭之類使安耕織而歲輸皮粟得為平民乃彼大幸不徒足志而已今若擊之不已則其為害愈深况漸近夏暑南方燀濕士卒不習水土須慮死傷仍恐迫之太急則潭郴全邵諸寨向化之蠻皆誘脅而起則湖南一路可為國家之憂臣欲乞速令兩府大臣深究招殺之利害共思長策決定廟謀若遷延後時致彼猖熾不幸官吏頻遭殺害則朝廷之體難為屈法而招彼以其罪既多必恐不能自信則兵久不解害未有涯伏望聖明斷之在早取進止

論水洛城事宜乞保全劉滬等劄子慶曆四年

臣近風聞狄青與劉滬爭水洛城事，勑禁滬等奏來，竊以邊將不和，用兵大患，況狄青、劉滬皆是可惜之人，事體須要兩全，利害最難處置。臣聞水洛城自曹瑋以來，心知其利，患於難得，未暇經營。今滬能得之，則於滬之功不小，於秦州之利極多，昨韓琦等自西來，聞有論奏，非以水洛爲不便，但慮難得而難成。今滬能得之，又有成之之志，正宜專委，此事責其必成。而狄青所見不同，遂成釁隙。其間利害，臣請詳言。國家近年邊兵屢敗，常患大將無權。今若更沮狄青，釋放劉滬則不惟於狄青之意不足兼沿邊諸將皆挫其威此其不便一也臣聞劉滬經營水洛城之初奮身展效不少先以力戰取勝然後誘而服從乃是党留諸族畏滬之威信今忽見滬先得罪帶枷入獄則新降生户豈不驚疑若使翻然復叛則今後邊臣以威信招誘諸族誰肯聽從不惟（一作特）水洛城更無可成之期兼沿邊生户永無可招之理此其不便二也自用兵以來諸將為國立事者少此水洛城不惟自曹瑋以來未能得之亦聞韓琦近在秦州嘗欲經營而未暇今滬奮然力取其功垂就而中道獲罪遂無

所成則今後邊將誰肯爲國家立事此其不便三也

臣又聞水洛之戍雖能救援秦州而須藉渭州應副令劉滬既與狄青異議縱使水洛築就他時萬一緩急狄青怒滬異已又欲遂其偏見稍不應副則水洛必須復失其不便四也緣此之故遂移青於别路則是因一小將移一部署此其不便五也此臣所謂利害甚多最難處置者也臣謂今宜遣一中使處分魚周詢等速令和解務要兩全必先密諭狄青曰滬城水洛本有所禀非是擅爲役衆築城不比行師之際滬見利堅執意在成功不可以違節制加罪滬宜釋

放朝廷不欲直放恐挫卿之威卿自釋之使感卿惠若他時出師臨陣有違進退之命者任卿自行軍法然後密諭滬曰汝違大將指揮自合有罪朝廷以汝於水洛展効望汝成功故諭青使赦汝責爾卒一作辦事以自贖俟水洛功就則又戒青不可因前曾異議堅執不修惟幸失之遂已偏見今後水洛緩急尤須極力應副萬一小有蹉失則是汝挾情故陷之必有重責如此則水洛之利可成蕃户之恩信不失邊將立事者不懈大將之威不挫苟不如此未見其可蓋罪滬既不可罷水洛城又不可沮狄青又不可事關

利害伏望聖慮深思取進止

再論水洛城事乞保全劉滬劄子 同前

臣伏見朝廷近為修水洛城事雖已差魚周詢等就彼相度風聞周詢近有奏來為水洛蕃族見狄青枷取劉滬等因致驚搔周詢却乞將帶滬等往彼以此足驗劉滬能以恩信服彼一方朝廷必知水洛為利而不欲廢之非滬守之不可然滬與狄青尹洙已立同異難使共了此事臣謂必不得已寧移尹洙不可移滬尚慮議者必謂不可因小將而動大將今若但移洙而不動狄青即不是特移大將矣若却移路分

更升差遣或召拜他官苟不類前後因事移替之人即不是因滄被移矣如此則於洙無損於滄獲全其功於邊防利便三者皆獲其利若曲爲尹洙狄青却將立功將校輕沮則其害有三大凡文武官常以類分武官常疑朝廷偏厚文臣假有二人相爭實是武人理曲然武人亦不肯服但謂執政盡是文臣遞相黨護輕沮武士況今滄與洙爭而滄實有功効其理不曲若曲罪劉滄則沿邊武臣盡皷然怒其害一也自有西事以來朝廷擢用邊將極多能立功効者絶少惟范仲淹築大順城种世衡築青澗城滄築水洛

耳臣亦聞三者惟滬尤為艱辛是功不在二人之下今若曲加輕沮則今後武臣不肯為朝廷作事其害二也滬若不在水洛則蕃族（一作部）恐他人不能綏撫（一有蕃部二字）別致生事則今後邊防永不能招緝蕃部（一無此二字）其害三也今三利三害其理甚明但得大臣公心不於尹洙曲有黨庇則不與邊防生患此繫國家利害甚大伏望聖意斷而行之取進止

論陳留橋事乞黜御史王礪劄子（同前）

臣伏覩朝廷近為王堯臣吴育等爭陳留橋事互說是非陛下欲盡至公特差臺官定奪而王礪小人不

能上副聖意挾公徇私（一作內挾私徇）妄將小事張皇稱王堯臣與豪民有情弊誣奏慎鉞令免吏潛行殺害及妄稱真宗皇帝朝移橋不便致民切齒等事及勘出事狀王堯臣元不曾受豪民請囑慎鉞亦不曾令小吏潛行殺害及據先朝日曆內真宗皇帝親諭王旦爲陳留橋損害舟船特令修換證驗得王礪所言悉是虛妄上惑聖聽賴陛下聖明慎於聽斷不便輕信其言别令呂覺根勘今既勘出事狀方明王礪不公伏以臺憲之職本要糺正紀綱而礪但務挾私欺罔天聽合行黜責其罪有四一曰誘黷先朝聖政謹按

日曆書真宗皇帝親諭王旦移橋一事乃是先帝知民間利病移得此橋爲便故史官書之以彰聖政爲後世法今王曮却稱是真宗朝權臣受豪民獻賂移得此橋不便民間至今切齒若如王曮所説即是真宗誤信權臣移橋致民怨怒乃是當時闕政今國史書橋便利彰先帝（一作朝）聖政王曮言移橋不便是先朝闕政臣不知國朝舊史可信爲復王曮之言可憑其虛妄謗讟之罪可誅一也二曰中傷平人使今後勞臣不勸臣見向前三司使不能擘畫錢穀至有強借豪民錢二十萬貫買天下官私物貨至税果菜之

類細碎刻剥自堯臣在三司不聞過外誅求而即今財用不至大闕亦聞南郊漸近諸事亦稍有備當此窘迫之用人（一作之）時而能使民不加賦而國用粗足亦可謂勞能之臣方當責其辦事今因移一橋小事而王礪誣其與豪民有情致興大獄及至勘出並無情弊是王礪不䘏朝廷事體當此之用人（一作之）際將能幹事之臣因小事妄加傷害其罪二也三曰誣奏平人爲殺人賊凡臺官言事許風聞者謂耳目不及之事即許風聞今王礪目見慎鉞所遣小吏别無武勇又無器仗而稱其有殺害之心及至勘出並無迹

狀其罪三也四曰挾私希旨初朝廷本為省府互爭別選不干礙官定奪王礪既吴育是舉主即合自陳乞別差官豈可謗黷先朝希合舉主且礪言慎鉞是堯臣所舉感惠必深今礪是吴育舉豈不懷感且吴育與王堯臣本無怨恨各為論列本司公事所見異同乃是常事但王礪小人妄思迎合張皇欺誑其罪四也且王礪謗黷先朝聖政之罪若不重責則無以彰陛下孝治之明中傷堯臣若不重責則使勞能之臣不能安心展効其誣奏慎鉞遣吏殺害及挾私迎合舉主之罪若不重責則今後小人（一作臣）恣情妄作

獄訟必多事繫朝廷之體臣忝諫諍不可不言其王礪伏乞重行貶黜取進止

論王礪中傷善人乞行黜責劄子 同前

臣近有劄子并曾面奏為臺官王礪特彼差委輙敢徇私妄言王堯臣因移橋別有情弊等事欺誑朝廷上賴陛下聖明再令推究勘得堯臣並無私曲已蒙聖恩釋放自王礪妄形彈奏羅織無事之人欲借國威以報私忿立朝之列人各自危及聞堯臣不陷枉刑更蒙陛下恩釋中外之士稍復安心然小人在朝非國之利如礪善惡未辨尚可含容今既試之以事

見其傾險之迹則豈可更令濫處臺憲中傷善人伏望聖慈早行黜責以戒在位傾邪之輩一作者兼亦使今後選用之人不敢尚華委任別造過愆若礪不黜竊慮今後被差委者動皆作過則陛下無由使人此事所繫不細取進止四月庚戌王礪罷御史授太常博士通判鄧州

論任人之體不可疑劄子同前

臣近見淮南按察使邵餗奏爲體量知潤州席平爲政不治及不教閱兵士等朝廷以餗爲未足信又下提刑司再行體量臣竊以轉運提刑俱領按察然朝廷寄任重者爲轉運其次乃提刑爾今寄任重者言

事反不信又質於其次者而决疑臣不知邵餗果是才與不才可信與不可信三字一作否如不才不可信則一路數十州事豈宜委之若果才而可信又何疑焉又不知為提刑者其才與餗優劣如何若才過於餗尚可取信萬一不才於餗見事相背却言席平為才邵餗合有罔上之罪矣若反以罪餗臣料朝廷必不肯行若捨餗與席平俱不問則善惡不辨是非不分況席平曾作臺官立朝無狀只令制勘亦不能了尋為御史中丞以不才奏罷朝廷兩府而下誰不識平其才與不才人人盡知何必更令待一作提刑體量然

後為定令外議皆言執政大臣託以審慎為名其實不肯主事而當怨須待言事者再三陳述使被黜者知大臣迫於言者不得已而行只圖怨不歸已苟誠如此豈有念民疾苦澄清官吏之意哉若無此意（一有只字）是好疑不決則尤是朝廷任人之失自去年以為轉運使不察官吏特出詔書加以使名責其按察今按察使依稟詔書舉其本職又却疑而不聽今後朝廷命令誰肯信之凡任人之道要在不疑寧可艱於擇人不可輕任而不信若無賢不肖一例疑之則人各心闌誰肯辦事今邵飾言一不才顯者所貴朝廷

肯行然後部下振竦官吏畏服今反為朝廷不信却委别人則飾之使威誰肯信服飾亦慙見其下今後見事不若不為不獨邵飾一人臣竊聞諸處多有按察官吏皆為朝廷不行人各嗟慙以謂任以事權反加沮惑朝廷之意不可諭也伏望聖慈特勑其三字一作取邵飾所奏特與施行又令今後按察使奏人如不才老病灼然不疑者不必更委别官示以不信所貴不失任人之道而令臣下盡心取進止

論與西賊大斤茶劄子 同前

臣伏覩昨者西賊来議通和朝廷許物數目不少内

茶一色元計五萬斤緣中國茶法大斤小斤不同當初擬議之時朝廷謀慮不審不曾明有指定斤數竊慮西賊通和之後須要大斤若五萬斤大斤是三十萬小斤之數如此則金帛二十萬茶三十萬乃是五十萬物真宗時契丹大舉至澶州只用三十萬物三十年後乘國家用兵之際兩國交爭方添及五十萬今元昊一隅之敵一口便與五十萬物臣請略言爲國家大患一兩事不知爲國計者何以處之三十萬斤之茶自南方水陸二三千里方至西界當令民力困之陛下不耻屈志就和本爲休民息力若歲般輦

不絶只此一物可使中國公私俱困此大患一也計元昊境土人民歲得三十萬茶其用已足然則兩榷場捨茶之外須至別將好物博易賊中無用之物其大患二也契丹常與中國為敵國指元昊為小邦若見元昊得物之數與彼同則須更要增添何以應副不過云茶不比銀絹本是麤物則彼必須亦要十數萬大斤中國大貨利止於茶鹽而已今西賊一歲二十萬斤北虜更又一作要三二十萬中國豈得不困此其大患三也昨與西賊議和之初大臣急欲事就不顧國家利害維恐許物不多及和議將成契丹語洩

兩府方有悔和之色，然許物已多，不可追改。今天幸有此一事，尚可罷和。臣乞陛下特召兩府大臣共議，保得久遠供給四夷，中國不困，則雖大斤不惜。若其爲患，如臣所說，不至妄言，即乞早議定計，取進止。

論西賊占延州侵地劄子 慶曆四年

臣竊聞元昊近於延州界上修築城壘，强占侵地，欲先得地，然後議和。故楊守素未來，而占地之謀先發。又聞邊將不肯力爭，此事所繫利害甚大。臣料賊意見朝廷累年用兵，有敗無勝，一旦計無所出，厚以金帛買和，知我將相無人，便欲輕視中國，一面邀求賂遺一面侵占邊疆不惟驕賊之心難從實亦爲國之害不細今若縱賊於侵地立起堡寨則延州四面更無捍蔽便爲孤壘其（一作而）賊盡據要害之地他時有事延州不可保守若失延州則關中遂爲賊有以此而言則所侵之地不可不爭伏況西賊議和事連北虜今人無愚智皆知和爲不便但患國家許物已多難爲中悔若得別因他事猶可絶和何況此侵地是中國合爭之事豈可不爭臣謂今欲急和而不顧利害者不過邊臣外憚於禦賊而内欲邀議和之功以希進用耳故不肯擊逐羌人力爭侵地蓋小人無識

只苟目前榮進之利不思國家久遠之害是國家屈
就通和只與邊臣爲一時進身之利而使社稷受無
涯之患陛下爲社稷計豈不深思大臣爲社稷謀豈
不極慮伏望聖慈遣一使往延州令龎籍力爭取昊
賊先侵之地不令築城堡寨若緣此一事得絶和議
則社稷之福也臣仍慮西賊來人尚有青鹽之説此
事人人皆知不可許亦慮小人無識急於就和者尚
陳鹽利以惑聖聰伏望聖慈不納浮議取進止

奏議卷第九

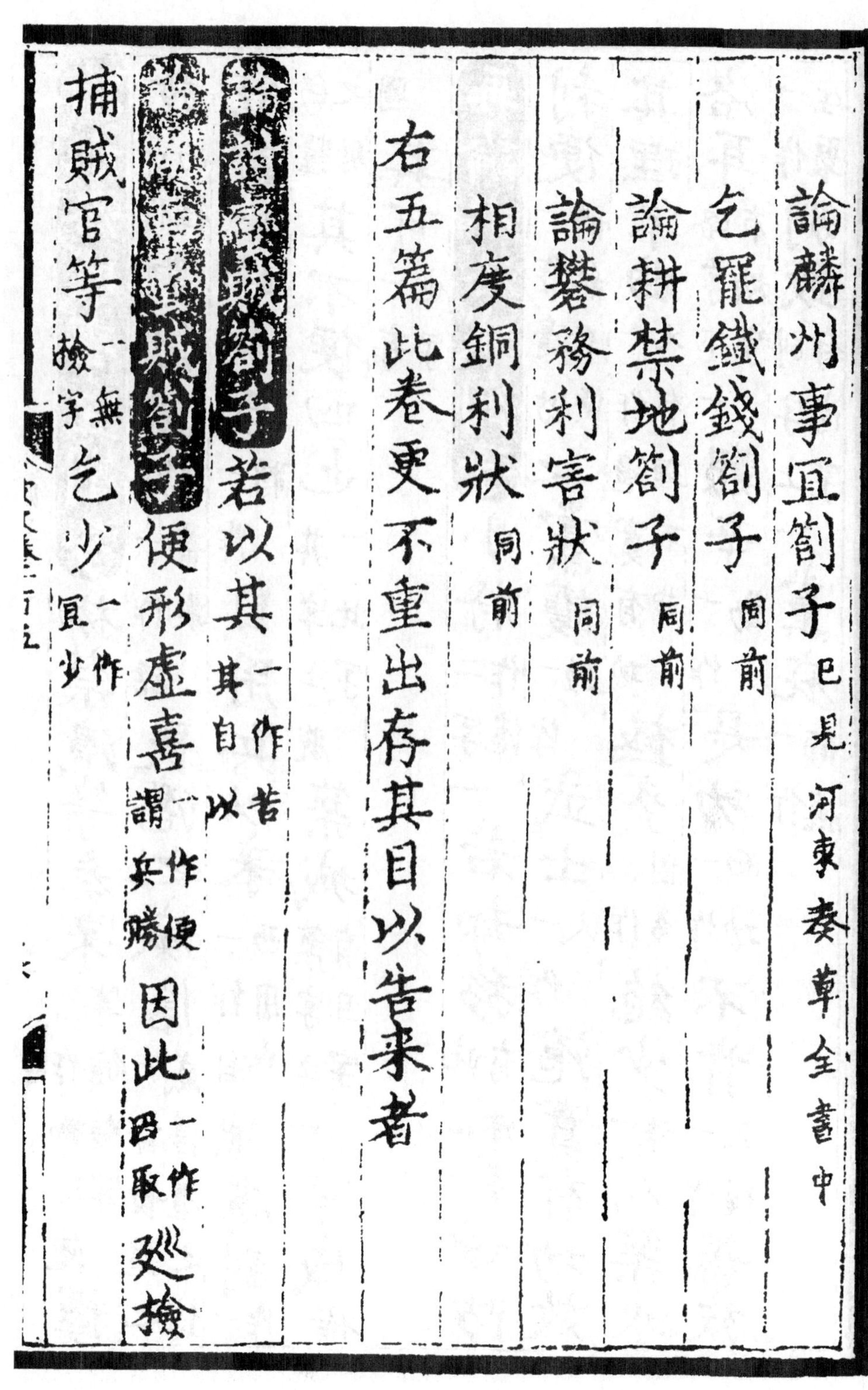

論麟州事宜劄子 巳見河東奏草全書中

乞罷鐵錢劄子 同前

論耕禁地劄子 同前

論礬務利害狀 同前

相度銅利狀 同前

右五篇此卷更不重出存其目以告來者

[illegible]劄子 若以其 一作若其自以

[illegible]賊劄子 便形虛喜 一作謂兵勝 因此 一作因取 巡檢

捕賊官等 一無檢字 乞少 一作宜少

論水洛城事宜劄子

枷禁滬等奏來（一作枷送滬等德順軍）釋放（一作而釋）党留諸族（一作諸蕃族）畏滬之威信（一作畏滬之威信滬之信）驚疑（一作生疑）邊臣（一作將）自用兵以來（一作自陝西用兵）應副（一作芻糧之助）其不便四也（其字上脫一此字）築城（築字上一有且字）可成（一作圖）其可（一有也字）

再論水洛城劄子

小將（二字一作滬）若却移（此上一有涉字）邊防利便（一作邊防之體無不便）黨護（一作勖）武士（一作人）滬實有功效其理不曲（一作滬實有功又有理不曲）極多（一作固多）絶少（一作殊少）築水洛耳（洛字下一有城字）艱辛（一作勤）是功（一作而功）不肯（一作無復）蕃族（一作生聚）别致（别字上一有尚字）黨庇（一作顧戀）

論陳留橋事劄子

爭陳留橋事（橋字上一有移字）亦聞（一作又聞）

論任人之體劄子

又令今後（一無又令二字）

論大斤茶劄子

大斤小斤（一作大小斤）所説（一作所料）

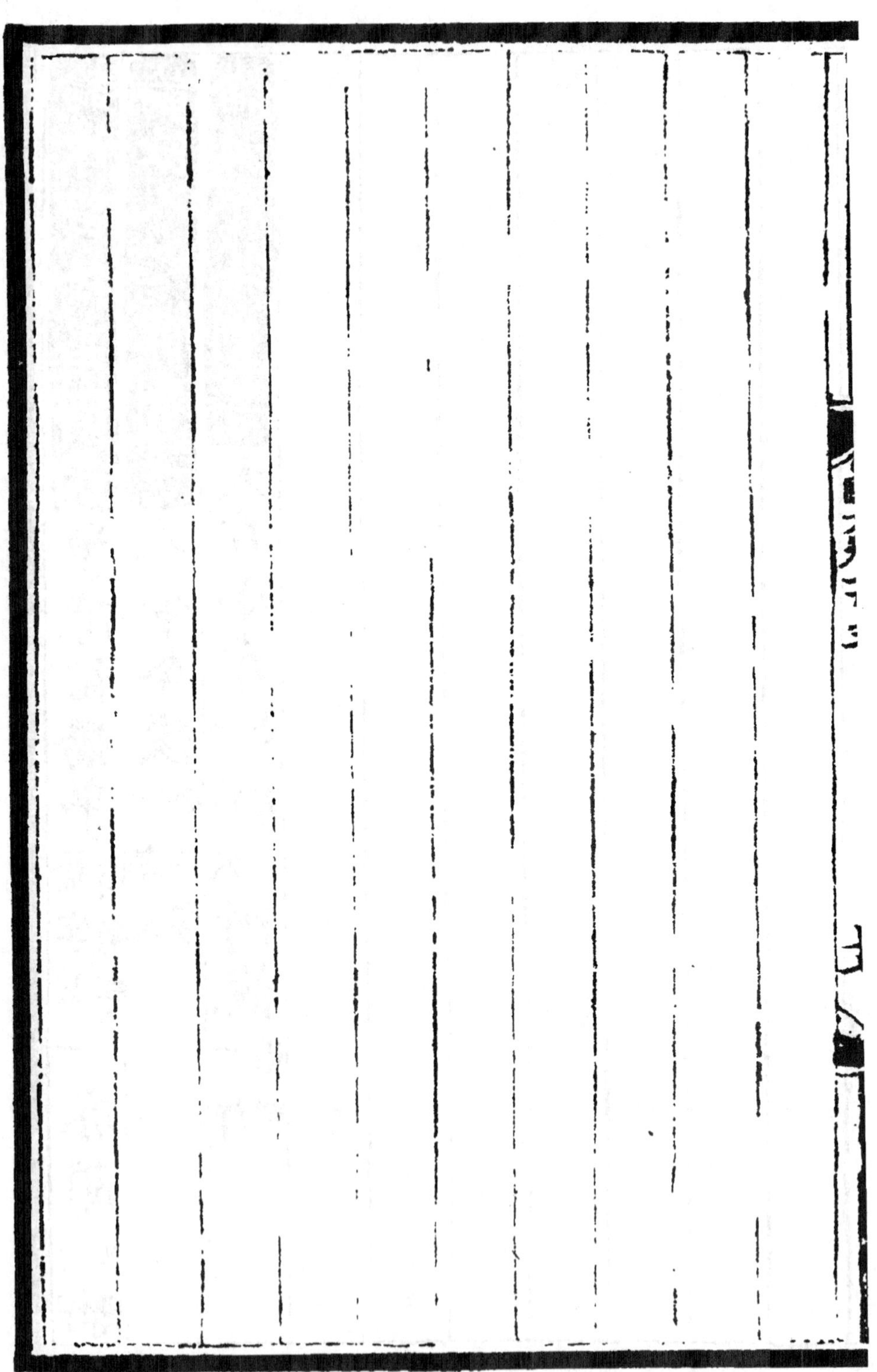

諫院

論大臣不可親小事劄子慶曆三年

臣伏見兵興累年天下多故樞密之職事任非輕雖典兵戎體均一作同宰輔至於大小機務其繁文倍於中書所以國家舊制都副承旨皆用士人位比屬僚事參謀議祖宗之制一作世尤慎擇材或取其歷職詳練者以爲副使自承平以來綱紀隳廢惟用人吏備員而已當四方無事之時兩府檢例行事上下尸曠恬然不恠自兵戎既動中外事繁猶務因循致多敗

誤令承旨不親職事，惟署文書，凡百行遣皆委諸房小吏。使副大臣不免親臨細事，既不得精心思慮，專意廟謨，至於碎務繁多，又不能躬自檢察，遂使邊防急奏多苦滯留，軍國密謀動成漏淺，凡關事體不便處，多皆由樞臣難自躬親，而承旨不能舉職也。臣今欲乞依祖宗舊制，承旨特用士人，如武臣中難得其人，即請於文官中精選材能，換與合入官資，責其舉職。仍令樞密使副條列常行事目，有可以分職責成者，悉以委之。使大臣專意廟謨，屬吏分行職事，時參國論（一作論議），庶有裨補（一作助）。既復朝廷之舊制，又於事

體而合宜伏望聖慈特賜裁擇取進止、

論中書增官屬主文書劄子 同前

臣伏見近来朝廷號令煩數更改又頻降出四方多不遵稟而朝廷之臣無專主者亦不勾校稽違考責實効以不銳之意行不信之言宜乎空文雖多而下不畏聽令百職廢壞弊實由斯臣竊見漢丞相官屬甚多欲乞精選材臣采漢名號增置兩府官屬官一二員使專掌政令之出者置簿拘管候天下施行報應校其稽違舉行朝典即不得以承受回申便爲報應須是施行實迹具以條聞旋行勾銷以見能否臣

謂苟設此官則天下知朝廷有責實之意今後可使令出必行官無曠職如允臣所請一作奏乞下兩府重議施行取進止

論班行未有舉薦之法劄子 同前

臣伏見朝廷選任百官文武參用文官在選者各以舉主遷京朝官其間雖容時有濫冒然孤寒有才行之人亦往往獲進惟有武官中近下班行並無賢愚分別一例以年歲遞遷自借職得至供奉官須是三十餘年使賢愚同滯而國家緩急要人使用無由知其能否或要人使則臨時只看腳色點差多是不副

所選臣謂班行入仕之人雖多端然其中亦極有才能可任用者但國家舉選之法全未精博臣欲乞將近下班行比類選人別立舉官之法凡無人舉者官有所止更不例遷有舉主者一作舉主足者方與遷轉或且令無舉主者依舊年限遷轉將有舉主者別作任使仍乞嚴為約束重其連坐之法使舉者不容冒濫則才與不才漸可分別而用人不濫況今四方多事天下都監巡檢監當之類盡要得人方能一作可集事不必邊任并閤職方用舉薦其他要切使喚處多如允臣所請乞付樞密院商量立定法制頒行取進止

論乞放還蕃官胡繼諤劄子 同前

臣竊見朝廷前歲以延州蕃官胡繼諤因爲邊臣所疑移入内地見任亳州都監以子守清悉領父之諸部風聞近爲不服（一作安）亳州水土死（一無死字）亡却家族身又疾病曾有奏陳乞移一京西地凉之處臣謂方今西鄙用兵之際朝廷宜廣推恩信撫御蕃夷既欲守清盡死於邊疆當厚遇繼諤保全其家族豈有既任其子又疑其父繼諤求（一作来）遷内地其實異鄉雖曰居官乃是因縶致其失所身病家亡況彼初心又無顯過在繼諤之身已有幽囚寃枉之嘆於守清之

分又失駕馭豪傑之方萬一繼諤疾病死而不歸守
清父子之心豈得無恨反視中國乃爲世讎必與邊
陲别生患害其餘部族亦必離心國家自用兵以來
凡有計謀未聞勝筭尤於招撫蕃夷之術常失恩威
致使離叛者多皆願附賊在於繼諤處置特乖臣欲
乞因其有請召至京師與霆前疑孽加禮遇放還本
族示以推誠守清得父子復完必思盡節繼諤感國
家之遇必有所施若朝廷猶以爲疑即乞先以此意
詔問守清計其必無弃父之理若彼自不欲其歸則
他日可無後患取進止

繳進王伯起上書狀同前

右臣今月二十五日出外至夜歸家有相州進士王伯起看臣不見後留下長書一封中言爲檢匣抑塞言事者責臣不能規諫人主開益聰明及自言有策可以弱北虜使十年不爲害又言有上皇帝書爲有司所抑不得上達仍於長書後卷却奏狀一封意欲令臣繳奏臣竊詳王伯起所與臣書詞理極有可採但未知奏狀内所言何事緣臣本不識其人又無處尋訪只據所與臣書内言有策可使北虜十年不爲害此一事是朝廷當今急務其奏狀臣不敢滯留謹

并元與臣書繳連上進伏望聖慈特賜省覽或有可採乞下開封府尋訪本人更加詢問謹具狀奏聞

論大理寺斷冤獄不當劄子 同前

臣風聞大理寺近奏斷德州公案一道爲一班行王守度謀殺妻事止斷杖六十私罪其守度所犯情理極惡本因踰濫欲誘一求食婦人爲妻自持刃杖恐逼正妻阿馬令其誣以姦事髡截頭髮又自以（一作將）繩索付與阿馬守度持刀在旁逼令自縊其命垂盡只爲未有棺器却且解下其後又與繩索令自縊阿馬偶得生逃臣略聞此大槩其他守度兇惡之狀備

於案牘人不忍聞阿馬幽苦冤枉（一作之冤）如此而法吏止斷誣姦降以杖罪竊以刑在禁惡法本原情今阿馬之冤於情可憫守度所犯其惡難容若以法家斷罪舉重而論則守度誣姦不實之罪輕迫人以死之情重原其用意合從謀殺凡謀殺之罪其類甚多或有兩相爭恨理直之人因發忿心殺害理曲之人者死與未死須被謀殺之刑豈比守度曲在自身阿馬本無所爭備極陵辱迫以自裁（一作殘）虐害之情深於謀殺遠矣臣嘗伏讀真宗皇帝賜諫臣之詔曰冤枉未申賞刑踰度者皆許論列今之冤婦臣職當言者

也豈有聖主在上國法方行而令強暴之男而敢逼人以死臣恐守度不誅則自今強者陵弱踈者害親國法遂隳人倫敗矣其王守度一宗公案伏望聖慈特令中書細詳情理果如臣之所聞即乞行刑法以止姦凶取進止

論内臣馮承用與外任事劄子 同前

臣伏見内官馮承用近因過失爲臣寮論奏（一作奏劾）陛下親發睿斷不私小人聽納群言逐去左右中外之士莫不相慶然初聞朝議將與外任至今多日未見指揮近日外面虚傳云却得教坊勾當留在京師竊

以方今内外臣寮若有罪犯便須勘劾依法行遣今承用本因有過超轉官資只與外任尚為優幸若更遲留不遣則使令後伏事陛下左右者恣為過惡無以戒勸承用從來過犯甚衆人皆畏懼不敢明言自其罷却入内已來舊跡漸一作甚多彰露内廷之事臣不細知外邊作過頗有實狀今若未行遠黜則言事臣寮不免再有論奏勾連獄訟生事轉多其馮承用伏乞早與一外任閑慢差遣便令出京可以戒勵後人外弭物論取進止

奏議卷第十

河北轉運

論臺官上言按察使狀慶曆四年八月新除河北轉運按察使未行

右臣伏覩近降朝旨約束諸路按察使備載臺官所上之言意謂按察使等所奏之人多不實或因迎送文移之間有所闕失挾其私怒枉奏平人朝廷都不深思輕信其説臣自聞降此約束日夕憂嗟竊思國家方此多事難了之時正是責人展効之際獎之猶恐不竭力疑之誰肯盡其心昨大選諸路按察之際兩府聚廳數日盡破常例不次用人中外翕然皆謂

一時之極選凡一有彼字被選之者皆亦各負才業又無人知常患無所施爲一旦忽蒙擢用各思宣力爭奮所長不惟欲報朝廷豈一作寧不更希進用豈可頻爲欺罔便徇私情料其心必未至此苟或如臺官所說則是兩府聚廳數日選得不公之人其或不至如斯何必更加約束竊以任人之術自古所難常能力主張猶或有沮者何況更一作過生疑異使其各自心闌如此用人安能集事況按察之任人所難能或大臣薦引之人或權勢僥倖之子彼按察使者下當怨怒上忤權勢而不敢避者只賴朝廷主張而已今按察

者所奏則未能施一作與行沮毀者一言則便加輕信皆由朝廷未知官吏爲州縣大患而按察可以利民委任之意不堅故毀謗之言易入也所可惜者自差諸路按察今雖未有大効而老病昏昧之人望風知懼近日致仕者漸一作甚多州縣方欲澄清而朝廷自沮其事臣欲乞聖慈令兩府召臺官上言者至中書問其何路按察之一作何人因挾私怨苟有迹狀乞下所司辨明若實無人乃是妄說其近降劄子乞賜抽還不使四方見朝廷自沮按察之權而爲貪贓老繆之吏所快謹具狀奏聞伏候勑旨

論兩制以上罷舉轉運使副省府推判官等

狀慶曆五年謫寘于此

右臣近準御史臺牒爲臣寮上言待制以上舉省府推判官轉運使副等事奉聖旨去年勅命更不行用令臣知委者臣竊詳臣寮上言悉涉虛妄蓋因近日陛下進退大臣改更庶事小人希合欺罔天聰臣試請辨之據上言者云若令兩制以上保舉則下長犇競之路方今上自朝廷下至州縣保舉之法多矣只如臺官亦是兩制以上舉以至大理詳斷審刑詳議刑部詳覆等官三路知州知縣通判選人改京官學

官入國學班行遷閤職武臣充將領選人入縣令下至天下茶鹽場務榷場及課利多處酒務凡要切差遣無大小盡用保舉之法皆不聞以犇競而廢之豈可獨於省府等官獨一作偏長犇競而可廢此其欺妄可知也上言者又云遂令端士並起馳騖且馳騖盡係一作自是小人豈名端士至如自來舉官之法多矣豈能盡絶小人干求況自頒新勑以來何人舊是端士頓然改節馳騖於何門而得舉乞賜推究姓名若果無之則見其欺妄可知也上言者又云不因請託人莫肯言此又厚誣之甚也今内外臣寮無大小曾受

人舉者十八九豈可盡因請託而得自兩府大臣而下至外處通判以上人人各曾舉官豈可盡因請託而舉若云其它舉官不請託只此勑舉官須請託即非臣所知也今兩制之中好人不少繁難一作重要害之地皆已委信任用二字一作而任之豈可不如外郡通判等不堪委任舉官況兩制之臣除此勑外亦更別許舉官豈可舉他官則盡公惟此勑則頓一作徒徇私請此其欺妄可知也又云每歲舉一百五十人致人多而爭差遣臣筭一人有三人舉主方敢望差遣一百五十人須一歲內有四百五十員兩制爲舉主今兩

制不及五十人使人人歲舉三人即纔各是一人舉王豈敢使爭差遣況有不曾舉人者或舉不及三人者乞賜檢會去年終兩制以上舉到人數便可知其恣情欺妄也近日改更政令甚多惟此一事尤易辨明故臣不避煩言而辨者伏冀陛下因此深悟小人希合而欺妄也緣自去年陛下用范仲淹富弼在兩府值累年盜賊頻起天下官吏多不得力因此屢建舉官之議然亦不是自出意見皆先檢祖宗故事請陛下擇而行之所以元降勑文首引國書爲言是也當時臣寮並不論議近因仲淹等出外與朝廷經畫

邊事讒嫉之人，幸其不在左右，百端攻擊。只此事朝廷不暇審察，便與施行。臣昨見富弼自至河北，緣山傍海，經畫勤勞，河北人皆云自來未有大臣如此。其經畫所得事亦不少，歸至國門，臨入而黜，使河北官吏軍民見其盡忠而不知其罪狀。小人貪務希合，又不爲朝廷惜事體，凡事攻擊，至今未已。況朝廷用人屢有進退，豈有一人纔出，便不問是非，盡改所行之事？若大臣一度進退，政令一度改更，如此紛紜，豈有定制？伏望陛下重（一作審）察愛憎之私，辨其虚實之説，凡於政令更慎改張。臣檢詳元降舉官敕意亦（一本作是於國書檢用祖宗所行之法今上言者却云因諫官論列致差遣不定而有更張事涉臣身不敢自辨然臣在諫署日言事無狀致令來臣寮指以爲辭豈可尚冒寵榮不能自劾請從黜罰以弭人言臣伏見陛下聖德仁慈保全忠正之士進退之際各有恩意此所以能使忠臣義士忘身報國至死而不已也其今後臣寮希附上言攻擊前兩府所行之事乞賜辨明擇其實有不便者方與改更庶全大體則天下幸甚也臣伏覩去年八月二日元降勑命節文云比於國書擇（一作棵）諸治要見其官人之際尤慎外臺之選

又云然其進任必屬近臣又命告示賞罰之命皆三朝之攸行此是元議舉官因依乞賜詳酌臣無任激切祈天待罪之至

論劉三嘏事狀慶曆四年

臣伏見契丹宣徽使劉三嘏挈其愛妾兒女等七口向化南歸見在廣信軍聽候朝旨竊慮朝廷只依常式投來人等依例約回不納國家大患無如契丹自四五十年來智士謀臣晝思夜算未能爲朝廷出一奇策坐而制之今天與吾時使其上下乖離而親貴臣忽來歸我此乃陛下威德所加祖宗社稷之福竊

慮憂國之臣過有思慮以謂納之别恐引惹臣請略
陳納之却之二端利害伏望聖慈裁擇其可往年山
遇捨元昊而歸朝邊臣爲國家存信拒而遣之元昊
甘心山遇盡誅其族由是河西之人皆怨朝廷不納
而痛山遇以忠而赤族吾既自絶西人歸化之路堅
其事賊之心然本欲存信以懷元昊而終至叛逆幾
困天下是拒而不納未足存信而反與賊堅人心此
已驗之効也其後朝廷悟其失計歸罪郭勸悔已難
追矣此事不遠可爲鑒戒伏望陛下思之此不可拒
而可納一也三𥐻是契丹貴臣秉節鉞兼宣徽可謂

至親且貴矣一旦君臣離心走而歸我是彼國中大醜之事必須掩諱不欲人聞必不敢明言求之於我此其可納二也況彼來投又無追者相繼既絶蹤跡別無明驗雖欲索之於我難以爲辭此其可納三也三㱀既彼之貴臣彼國之事無不與知今既南來則彼之動静虚實我盡知之可使契丹日夕懼我攻取之不暇安敢求索於我自起兵端若使契丹疑三㱀果在中國則三四十年之間卒無南向之患此又納之大利其可納四也彼既窮來歸我若拒而遣之使其受山遇之禍則幽燕之間四五十年來心欲南向

之人盡絶其歸路而堅其事狄之心思爲三嘏報仇於中國又終不能固契丹之信此爲誤計其失尤多且三嘏在中國則契丹必盡疑幽燕之人是其半國離心常恐向背凡契丹南寇常藉幽燕使其盡疑幽燕之人則可無南寇之患此又可納大利五也古語曰天與不取反受其咎此不可失之幾也其劉三嘏伏望速降密旨與富弼令就近安存津遣赴闕惟乞決於睿斷不惑群言取進止

論杜衍范仲淹等罷政事狀 一作上皇帝辯杜韓范富書 慶曆五年

臣聞士不忘身不爲忠，言不逆耳不爲諫，故臣不避群邪切齒之禍，敢干（一作冒）一人難犯之顏，惟賴聖明（一作慈）幸加省察。臣伏見杜衍、韓琦、范仲淹、富弼等，皆是陛下素所委任之臣，一旦相繼罷黜（一作而罷），天下之士皆素知其可用之賢，而不聞其可罷之罪。臣雖供職（一作臣職雖）在外，事不盡（一作審）知，然臣竊見自古小人讒害忠賢，其說（一作識）不遠。欲廣陷良善，則不過指爲朋黨；欲動搖大臣，則必須誣以專權。其故何也？夫去一善人而衆善人尚在，則未爲小人之利；欲盡去之，則善人少過，難爲一二求瑕，惟有指以爲朋（一作惟指以爲）

（朋黨）則可一時盡逐至如大臣已被知遇而蒙信任（一有者字）則難（難字一作不可）以他事動搖惟有專權是上（一作人主）之所惡故須此說方可傾之臣料衍等四人各無大過而一時盡逐與仲淹委任尤深而忽遭離間必有以朋黨專權之說上惑聖聰（一有者字）臣請試辨（辨字一作詳言）之昔年仲淹初以忠言讜論聞於中外天下賢士爭相稱慕當時姦臣誣作朋黨猶難辨明自近日陛下擢此數人並在兩府察其臨事可以辨[illegible]也蓋衍爲人清慎而謹守規矩仲淹則恢廓自信而不疑琦則純正而質直弼則明敏而果銳四人爲性既各不

同雖皆歸於盡忠而其所見各異故於議事多不相從至如杜衍欲深罪滕宗諒仲淹則力爭而寬之仲淹謂契丹必攻河東請急脩邊備富弼料以九事力言契丹必不來至如尹洙亦號仲淹之黨及爭水洛城事韓琦則是尹洙而非劉滬仲淹則是劉滬而非尹洙此數事尤彰著陛下素已知者此四人者可謂天下至公（四字一作公正）之賢也平日閑居則相稱美之不暇爲國議事則公言廷諍而不（一作無）私以此而言臣見衍等眞得漢史所謂忠臣有不和之節而小人讒爲朋黨可謂誣矣臣聞有國之權誠非臣下之得專

也然（一無此字）臣竊思仲淹等自入兩府已（一作以）來不見其專權之迹而但見其善避權也權者（二字一作夫權）得名位則可行故好（一作行）權之臣必貪（一有名字）位自陛下召琦與仲淹於陝西琦等讓至五六陛下亦五六召之（三有至如二字）富弼三命學士兩命樞密副使每一命皆再三懇讓讓者愈切陛下用之愈堅（皆再至愈堅十五字一作未嘗不懇讓懇讓之者愈切而陛下用之愈堅此天下之人所共知）臣（一有但字）見其避讓大繁不見其好（一作專）權貪位也及陛下堅不許辭方敢受命然猶未敢別有所爲陛下見其皆未作（一作行）事（六字一作欲其作事）乃特（一無此字）開天章召而賜坐受（一作授）以紙筆

使其條事（一作列）然衆人避讓不敢下筆弼等亦不敢獨有所述因此又煩聖慈特出手詔指定姓名專責弼等（一字作其）一條列大事而施行（二字一作行之）弼等遲回又近（二字一作近來）一月方敢略條數事然（一無此字）仲淹深（一作老）練世事必知凡百難猛（一作凡事難遠）更張故其所陳志在遠大而多若迂緩但欲漸而行之以久冀皆有効弼性雖鋭然（一無此字）不敢自出意見但多（一無此字）舉祖宗故事請陛下擇而行之自古君臣相得一言道合遇事便行臣方怯弼等蒙陛下如此堅意委任（遇事至委任十八字一作遇事而近更無推避弼等蒙陛下堅意委任[illegible]）督責丁寧而猶遲緩自

疑作事不果然小人巧譖已一作而曰專權者豈不誣哉至如兩路宣撫聖一作國朝常一作累違大臣況自中國之威近年不振故元昊叛逆一方而勞困及於天下北虜乘釁違盟而動其書辭侮慢至有貴國二字一作責祖宗之言陛下憤恥雖深但以邊防無備未可與爭屈志一作意買和莫大之辱彌等見中國累年侵淩之患感陛下不次進用之恩故各自請行力思雪國家之前恥八字一作力思雪恥沿一作緣山傍海不憚勤勞欲使武備再脩國威復振臣見彌等用心本欲尊陛下威權以禦四夷未見其侵權而作過也伏惟陛下睿哲

聰明有知人之聖臣下能否洞見不遺故於千官百
辟之中特（一作親）選得此數人驟加擢用夫正士在朝
羣邪所忌謀臣不用敵國之福也今此數人一旦罷
去而使羣邪相賀於（一作于）內四夷相賀於（一作于）外此
臣所（一有以字）爲陛下惜之（一無此字）也伏惟陛下聖德仁慈
保全忠善退去之際恩禮各優今仲淹四路之任亦
不輕矣惟（一無此字）願陛下拒絶羣謗委任（一作信）不疑使
盡其所爲猶有裨補方今西北二虜交爭未已正是
天與陛下經營之時如弼與琦豈可置之閑處伏望
陛下（一無此二字）早辨讒巧特加圖任則不勝幸甚臣自

前歲召入諫院十月之内七受聖恩而致身兩制方一作常思君一作榮寵至深未知報効之所今群邪爭進讒巧一有而字正士繼去朝廷乃臣忘身報國之秋一作時豈可緘言而避罪敢竭愚瞽惟陛下擇之臣無任祈天待罪懇激屏營之至臣脩昧死再拜

右正文乃今盱台守施宿所藏當時真本也一作疑是後來公所改定如以水落為洛之類及其餘文意皆不若一作為長至如貴國二字注一作責蓋用綿本及李壽長編今真蹟元用貴國按慶曆二年契丹求關南書云貴國　祖先肇創基業尋

與敵境繼爲善鄰曁乎
太宗紹登寶位於有征之地才定并汾以無名之
師直抵燕薊
仁宗命王拱辰草答書云
太宗皇帝親駕并郊匪圖燕壤當時貴國亟發援
兵既交石嶺之鋒遂舉薊門之役則是貴國二字
彼此用之公此奏後改爲責耳

奏議卷第十一

薦劉羲叟劄子 已見河東奏草全書中

進劉羲叟春秋災異狀 同前

論契丹侵地界狀 已見河北奏草全書中

右三篇此卷更不重出存其目以告來者

論臺官上言按察使狀

被選之者（一作人）皆亦（一無皆字）常能（一無常字）

論杜衍等罷政事狀

尤彰著（尤字下一有爲字）之得專（之所作一）好權（好一作行）懇讓之者（一無者字）見其皆未行事（大字一作欲其作事）條事（條例一作）然不敢（然字下一有亦字）惜之也（一無之字）

奏議卷第十二　　歐陽文忠公集一百八

銓部

論權貴子弟衝移選人劄子 至和元年六月判流內銓

臣勘會銓司近年選人倍多，員闕常少，待闕者多是孤寒貧乏之人，得替住京，動經年歲，遇有合入闕次，多被權貴之家將子弟親戚陳乞，便行衝改。或已注授者，且一無者字。且字一作却。令待闕，或纔到任者即被對移。只就權貴勾當家私，不問孤寒便與不便。兼臣所見臣寮陳乞，多非急切事故，或云近便鄉里，或云看覷墳塋，僥倖希求，妄託名目，孤寒阻滯，徒益怨嗟。臣欲乞今後臣寮須有急切事故如委任邊寄不許般家及致仕分司丁憂病患之類方許陳乞子弟差遣其（一有餘字）雖無事故自將恩澤陳乞者許銓司勘會如已注人者更不改注已到任者更不衝移並令別具陳乞仍不許連併陳乞兩任如允臣所請乞下銓司遵守施行今取進止（依奏并下三班審官並依此）

翰苑

論臣寮奏帶指使差遣劄子（至和元年九月兼三班院）

臣等勘會本班見管使臣至八千餘員其入仕之源既已冗濫及差遣之際又多有因緣附權貴者僥倖

多門致孤寒者怨嗟不已伏見近年文武臣寮出外
任者多帶指使隨行不久便奏乞監押巡檢差遣仍
多指定去處陳乞亦有元只是諸司職掌人奏帶隨
行後來改轉班行並不曾歷短使監當差遣便入監
押巡檢親民亦無合入遠近路分取便指射有職田
處朝廷以重違臣寮奏請更不勘會差遣資序路分
遠近合與不合入得便行差除相繼成例近日漸多
合行釐革臣今欲乞今後臣寮奏帶隨行指使之人
及三年已上並只與理爲一任候歸班依例差遣外
更不得陳乞差遣所貴止絶僥倖今取進止

論史館日曆狀 嘉祐四年 誤貞于此

右臣伏以史者國家之典法也自君臣善惡功過與其百事之廢置可以垂勸戒示後世者皆得直書而不隱故自前世有國者莫不以史職爲重伏見國朝之史以宰相監修學士修撰又以兩府之臣撰時政記選三館之士當升擢者乃命修起居注如此不爲不重矣然近年以來員具而職廢其所撰述簡略遺漏百不存一至於事關大體者皆没而不書此實史官之罪而臣之責也然其弊在於修撰之官惟據諸司供報而不敢書所見聞故也今時政記雖是兩府

臣寮修纂然聖君言動有所宣諭臣下奏議事關得失者皆不紀（一作記）録惟書除目辭見之類至於起居注亦然與諸司供報公文（一作文字）無異修撰官只據此銓次繫（一作排）以月日（一作日月）謂之日曆而已是以朝廷之事史官雖欲書而不得書也自古人君皆不自閲史今撰述既成必録本進呈則事有諱避史官雖欲書而又不可得（一作取書）也加以日曆時政記起居注例皆承前積滯相因故纂録者常務追修纍年前事而歲月既遠遺失莫存至於事在目今可以詳於見聞者又以追修積滯不暇及之若不革其弊則前後相因

史官永無舉職之時，使聖朝典法遂成（一有於字）廢墜矣（一無此字）。臣竊聞（一作見）趙元昊自初僭叛至復稱臣，始終一宗事節，皆不曾書，亦聞修撰官甚欲紀述，以修纂後時，追求莫得故也。其於他事，又可知焉。臣今欲乞特詔修時政記、起居注之臣，並以德音宣諭臣下奏對之語書之；其修撰官不得依前只據諸司供報，編次除目辭見，並須考驗事實。其除某官者，以某功，如狄青等破儂智高、文彥博等破王則之類；其貶某職者，坐某罪，如昨來麟州守將及并州龐籍緣白草平事、近日孫沔所坐之類。事有文據及迹狀明白（一作分明）

者皆備書之所以使聖朝賞罰之典可以勸善懲惡昭示後世若大臣用情朝廷賞罰不當者亦得以書爲警戒此國家置史之本意也至於其他大事並許史院據所聞見書之如聞見未詳者直牒諸處會問及臣寮公議異同朝廷裁置處分並書之已上事節並令修撰官逐時旋據所得録爲草卷標題月分於史院躬親入櫃封鎖候諸司供報齊足修爲日曆仍乞每至歲終命監修宰相親至史院點檢修撰官紀記（一作）録事迹内有不勤其事隳惰（一作）官失職者奏行責罰其時政記起居注日曆等除今日以前積滯者

不住追修外截自今後並令次月供報如稍遲滯許
修撰官自至中書樞密院催請其諸司供報拖延及
史院有所會問諸處不盡時報應致妨修纂者其當
行手分並許史院牒開封府勾追嚴斷其日曆時政
記起居注並乞更不進本所貴少修史職上存聖朝
典法此乃臣之職事不敢不言謹具狀奏聞伏候勑
旨

請罷不幸温成廟劄子至和二年

臣伏見今月八日聖旨踈决禁囚特行減降及軍士
各有特支陛下聖慈本以興國寺奉安真宗皇帝御

容有此恩旨而中外之議紛然不一皆云正月八日是溫成皇后周年故有此特支蹕決又見聖駕朝謁萬壽宮又云溫成畫像在彼所以聖駕親臨蓋爲自去年追册溫成皇后之後朝廷每於典禮過極優崇遂致議者動皆疑惑今又聞來日聖駕幸奉先寺酌獻宣祖皇帝外議喧然又云溫成皇后祠廟在彼伏以陛下聖德仁孝本爲祖宗神御以時酌獻不可使中外議者言陛下意在追念後宮寵愛託名以謁祖宗虧損聖德其事不細臣欲乞明日幸奉先寺酌獻畢更不臨幸溫成祠廟以解中外之疑以止議者之

說臣職忝侍從，無所裨補，闈外人議論，不敢不言。不惟臣有愛君之心，合具陳述，陛下舉動為萬世法，亦不可不愼。取進止

論臺諫官言事未蒙聽允書 至和二年

月日，具官臣歐陽其謹昧死再拜上書于體天法道欽文聰武聖神孝德皇帝闕下：臣聞自古有天下者，莫不欲為治君，而常至於亂；莫不欲為明主，而常至於昏者，其故何哉？患於好疑而自用也。夫疑心動於中，則視聽惑於外，視聽惑則忠邪不分，而是非錯亂。是非錯亂，則舉國之臣皆可疑。盡疑其臣，則必自用

其所見夫以疑惑錯亂之意而自用則多失一有多字失則其國之忠臣必以理而爭之爭之不切則人主之意難回爭之切則激其君之怒心而堅其自用之意然后君臣爭勝於是邪佞之臣得以因隙而入希旨順意以是爲非以非爲是惟人主之所欲者從而助之夫爲人主者方與其臣爭勝而得順意之人樂其助已而忘其邪佞也乃與之并力以拒忠臣夫爲人主者拒忠臣而信邪佞天下無不亂人主無不昏也自古人主之用心非惡忠臣而喜邪佞也非惡治而好亂也非惡明而欲昏也以其好疑自用而與下爭

勝也使爲人主者豁然去其疑心而回其自用之意則邪佞遠而忠言入忠言入則聰明不惑而萬事得其宜使天下尊爲明主萬世仰爲治君豈不臣主俱榮而樂哉與其區區自執而與臣下爭勝用心益勞而事益惑者相去遠矣臣聞書載仲虺稱湯之德曰改過不悋又戒湯曰自用則小成湯古之聖人也不能無過而能改過此其所以爲聖也以湯之聰明其所爲不至於繆戾矣然仲虺猶戒其自用則自古人主惟能改過而不敢自用然後得爲治君明主也臣伏見宰臣陳執中自執政以來不叶人望累有過惡

招致人言而執中遷延尚玷宰府陛下憂勤恭儉仁愛寬慈堯舜之用心也惟陛下之用心天下宜至於治者久矣而紀綱日壞政令日乖國日益貧民日益困流民滿野濫官滿朝其亦何爲而致此皆一作由陛下用相不得其人也近年宰相多以過失因言者罷去陛下不悟宰相非其人反疑言事者好逐宰相疑心一生視聽既惑遂成自用之意以謂宰相當由人主自去不可因言者而罷之故宰相雖有大惡顯過而屈意以容之彼雖惶恐自欲求去而屈意以留之雖天災水旱饑民流離死亡道路皆不暇顧而屈意

以用之其故非他直欲沮言事者爾言事者何負於陛下哉使陛下上不顧天災下不恤人言以天下之事委一不學無識諂邪狠愎之執中而甘心焉言事者本欲益於陛下而反損聖德者多矣然而言事者之用心本不圖至於此也由陛下好疑自用而自損也今陛下用執中之意益堅言事者攻之愈切陛下方思有以取勝於言事者而邪佞之臣得以因隙而入必有希合陛下之意者將曰執中宰相不可以小事逐不可使小臣動搖甚者則誣言事者欲逐執中而引用他人陛下方患言事者上忤聖聰樂聞斯言

之順意不復察其邪佞而信之所以拒言事者益峻用執中益堅夫以萬乘之尊與三數言事小臣角必勝之力萬一聖意必不可回則言事者亦當知難而止矣然天下之人與後世之議者謂陛下拒忠言庇愚相以陛下爲何如主也前日御史論梁適罪惡陛下赫怒空臺而逐之而今日御史又復敢論宰相不避雷霆之威不畏權臣之禍此乃至忠之臣也能忘其身而愛陛下者也陛下嫉之惡之拒之絕之執中爲相使天下水旱流亡公私困竭而又不學無識憎愛挾情除改差繆取笑中外家私穢惡流聞道路阿

意順旨專事逢君此乃諂上傲下愎戾之臣也陛下愛之重之不忍去之陛下睿智聰明羣臣善惡無不照見不應倒置如此直由言事者太切而激成陛下之疑惑爾執中不知廉耻復出視事此不足論陛下豈忍因執中上累聖德而使忠臣直士卷舌於明時也臣願陛下廓然回心釋去疑慮察言事者之忠知執中之過惡悟用人之非法成湯改過之聖遵仲虺自用之戒盡以御史前後章疏出付外廷議正執中之過惡罷其政事别用賢材以康時務以拯斯民以全聖德則天下幸甚臣以身叨恩遇職在論思意切

言狂罪當萬死臣昧死再拜

論修河第一狀 同前

右臣竊見朝廷近因臣寮建議欲塞商胡開横壠回大河於故道已下三司候今秋興役見令京東計度物料次臣伏以國家興大役動大衆必先順天時量人力謀於其始而審然後必行計其所利者多乃能無悔伏見比年以來興役動一作動衆勞民費財不精謀慮於厥初輕信利害之偏説舉事之始一作初既已蒼惶羣議一搓尋復悔罷臣不敢遠引他事上煩聖聰只如往年河決商胡是時執政之臣不慎計慮遽

謀修塞科配一千八百萬梢芟極動六路一百有餘州軍（一有軍字）官吏催驅急若星火民庶愁苦盈於道塗或物已輸官或人方在路未及興役遽已罷修虛費民財爲國斂怨舉事輕脫爲害若斯雖既往之失難追而可鑒之蹤未遠今者又聞復有修河之役聚三十萬人之衆開一千餘里之長河計其所用物力數倍往年當此天災歲旱之時民困國貧之際不量人力不順天時臣知其有大不可者五蓋自去秋以及今春半天下苦旱而京東尤甚河北次之國家常務安靜振䘏之猶恐饑民起而爲盜何況於此兩路聚大

衆興大役此其必不可者一也河北自恩州用兵之後繼以凶年人户流亡十失八九數年以來人稍一作稍稍歸復然死亡之餘所存無一作者幾瘡痍未斂物力未完一作充今又遭此旱歲京東自去冬無雨雪麥不生苗已及莫春粟未布種不惟目下乏食兼亦向去無望而欲於此兩路興三十萬人之役若别路差夫則遠處難爲赴役就河便近則此兩路力所不任此其必不可者二也臣伏見往年河決滑州曾議修塞當時公私事力未如今日貧虚然猶收聚物料誘率民財數年之間方能興役況今國用方乏民力方疲

且合商胡塞大決之洪流此自是一大役也鑿橫壠開久廢之故道此又一大役也自橫壠至海一千餘里堤岸久已廢壞頓須修緝此又一大役也往年公私有力之時興一大役尚須數年今併三大役倉卒興爲（一無爲字）於災旱（一作於旱歲）貧虛之際此其必不可者三也就令商胡可塞故道可回猶宜重（一作審）察天時人力之難爲何況商胡未必可塞故道未必可回者哉臣聞鯀障（一作堙）洪水九年無功禹得洪範五行之書知水趨（一作潤）下之性乃因水之流疏決就下而水患乃息然則以大禹之神功不能障塞其流但能因

而䟦決爾今欲逆水之性障而塞之奪洪河之正流幹以人力而回注此大禹之所不能此其必不可者四也橫隴湮塞已二十年商胡決流（一作流決）又亦數歲故道已塞（一作平）而難鑿安流已久而難回昨聞朝廷曾遣故樞密直學士張奎計度功料極大近者再行檢計減得功料全少功料少則所開淺狹淺狹則水勢難回此其必不可者五也臣伏見國家累歲災譴甚多其於京東變異尤大地貴安靜動而有聲巨嵎山摧海水搖蕩如此不止僅乎十年天地警戒必不虛發臣謂變異所起之方尤宜加意防懼今乃欲於凶

旱之年聚三十萬之大衆於變異最大之方臣恐地動山揺災禍自此而始（一作自茲而發也）方今京東赤地千里饑饉之民正皆天災又聞河役將動往往伐桑拆（一作毀）屋無復生計流亡盜賊之患不可不虞欲望聖慈特降德音速罷其事當此凶（一作荒）歲務安人心徐詔有司審詳利害縱令河道可復乞候（一作俟）豐年餘力漸次興爲臣實庸愚本無遠見得於外論不敢不言謹具狀奏聞

論雕印文字劄子 至和二年

臣伏見朝廷累有指揮禁止雕印文字非不嚴切而

近日雕板尤多蓋爲不曾條約書鋪販賣之人臣竊見京城近有雕印文集二十卷名爲宋文者多是當今論議時政之言其首篇是富弼往年讓官表其間陳北虜事宜甚多詳其語言不可流布而雕印之人不知事體竊恐流布漸廣傳入虜中大於朝廷不便及更有其餘文字非後學所須或不足爲人師法者並在編集有誤學徒臣今欲乞明降指揮下開封府訪求板本焚毁及止絶書鋪令後如有不經官司詳定妄行雕印文集並不得貨賣許書鋪及諸色人陳告支與賞錢貳伯貫文以犯事人家財充其雕板及

償責之人並行嚴斷所貴可以止絕者今取進止

奏議卷第十二

論臺諫官言事書

是非錯亂則舉國之臣皆可疑（是字上脫去忠邪不分而五字）盡疑（盡字上一有既字）與下爭勝（與字下一有臣字）沮言事者（沮一作抯）

論修河第一狀

乃能（一作可）已及（一作將踰）遠處（一作此河）便近（一作一出諸近）收聚（一作儲積）因而疏決（因字下有勢字）

論史館日曆狀

亦得以書（一作亦得書以）

奏議卷第十三

翰苑

論使臣差遣劄子 至和二年兼判三班院

臣勘會本班見管使臣八千一百一十二員自古濫官未有如此之多也臣遂將簿籍根磨增添數目只自皇祐二年終至今實四年半之內自借職以上增添二千八十五員於中近日增添倂多只自皇祐五年終至今年六月一年半之內增四百九員殿侍猶不在數蓋由曲恩濫賞臨時無節以日計月所積遂多率計一歲常增四百五十員若不塞其濫源則更

三五年後不勝其弊矣於今裁損已爲太晚若更增添則四海之廣不能容濫官天下物力不能給俸禄矣臣今略舉入仕僥倖者二事乞先賜指揮釐革其餘見在者既不可減損惟其入仕之源欲乞令當政大臣早賜擘畫所貴不爲將來之患所有臣擘畫二事今具畫一如後

一自來諸皇親宅前勾當人除郡王宫殿侍年深有例送三班院差使外其餘官院殿侍及客司書表宅案等別無恩例只自慶曆八年趂立年限上自郡王下至觀察使以下應緣皇親宅前

殿侍客司書表宅案等並只勾當五年便送三班差使等第年限轉充借奉職此入仕之源最爲僥倖者臣今欲乞應郡王已下宅前殿侍客司書表宅案勾當及五年者更不送三班只令在宅依舊勾當所有合轉殿侍至借職年限並依慶曆八年密院劄子指揮如此則皇親勾當人不妨恩澤只是免得諸宫院送納三班後續補人數兼諸宫院若得依舊勾當並是諳熟委使之人又三班減得人數甚爲利便

一百司人吏舊來出職皆有職名年限近年多條

轉及職名及年限未滿多乞情願就近下恩澤或僥求因人奏帶及抽差勾當敘勞酬奬及合作選人者情願就班行之類臣今乞一切止絶

右臣所起請只是因述濫官略陳此二事如允臣所請乞下三班院與勾當臣寮同共鋪陳條貫立定新制奏乞朝廷降下施行取進止

論罷修奉先寺等狀 至和二年

右臣近曾上言爲京師土木興作處多乞行減罷尋準勑差臣與三司同共相度減定續具奏聞次今又聞聖旨下三司重修慶基殿及奉先寺屋宇臣伏見

近年政令乖錯，紀綱隳頹，上下因循，未能整緝，惟務崇修祠廟，廣興土木，百役俱作，無一日暫停。方今民力困貧，國用窘急，小人不識大計，不思愛君，但欲廣耗國財，務為己利，恣侵欺於官物，圖酬奬之功勞，託名祖宗，張大事體。況諸處神御殿當蓋造之初，務極崇奉，棟宇堅壯，莫不精嚴，雖數百年未必損動。近年以來，不住修換。昨開先殿只因兩柱損，遂換一十三柱，前後差官檢計，朝廷並不取信，只憑最後之言，遂至廣張物（一作功）料。蓋緣廣張得物料即多圖酬奬恩澤（一作廣得功料大，即圖酬奬恩澤多）。竊以崇奉祖宗，禮貴清淨，今乃頻有遷徙輕黷威靈要其所歸止爲小人圖利臣見自古人君好興土木者自春秋史記歷代以來並皆書爲過失以示萬世今小人圖一旦之利黷祖宗之威靈置一作致人主於有過之地誰忍爲之臣實痛惜臣因準勑減定於三司略見大槩開先殿初因兩條柱損今所用材植物料共一萬七千五百有零睦親宅神御殿所用物料又八十四萬七千又有醴泉福勝等處物料不可悉數此外軍營庫務合行修造者又有百餘處使厚地不生他物惟產木材亦不能供此廣費自古王者尊祖事神各有典禮不必廣興土

本然後爲能臣竊見累年火災自玉清昭應洞真上清鴻慶壽寧祥源會靈七宮開寶興國兩寺塔殿並皆焚燒蕩盡足以見天意厭土木之華侈爲陛下惜國力民財譴戒丁寧前後非一陛下與其廣興土木以事神不若畏懼天戒而脩省其已興作者既不可及（及字一作止外）其未修者宜速寢停況睦親神御殿於禮不宜作其事甚明別無禮典講求乞更不下太常便行寢罷其慶基殿如的有損漏只令三司差官整補不得理爲勞績其奉先寺乞勸寺家自修令垂拱殿是陛下常坐之處近聞爲無（一作未有）梁木且止未修諸

皇親自火燒居宅後至今寄寓官所陛下尊爲天子無梁木修一殿富有四海而皇族無屋可居蓋爲將良材美木俯徇小人並於不急處枉費遂致合行修造處却至乏材伏願陛下追思累次大火常發於土木最盛處凡國家極力興修者火必盡焚（一作必盡焚除）且天厭土木而焚之又欲興崇土木以奉之此所以福應未臻而災譴屢降也伏乞上思天戒下察人言人言雖狂而實忠天戒甚明而不遠伏惟陛下聖德恭儉不樂遊畋凡所興修皆非嗜好但以難違小人一時之請自取青史萬世之譏實爲陛下惜之伏望聖

慈（一作聰）廣賜裁擇謹具狀奏聞伏候勑旨

論修河第二狀 至和二年

臣伏見學士院集兩省臺諫官議修河事未有一定之論蓋由賈昌朝欲復故道李仲昌請開六塔互執一說莫知孰是以臣愚見皆謂不然言故道者未詳利害之原（一作源）述六塔者近乎欺罔之繆何以言之今謂故道可復者但見河北水患而欲還之京東然不思天禧以來河水屢決之因所以未知故道有不可復之勢此臣故謂未詳利害之原也若言六塔之利者則不攻而自破矣且開六塔既云減得大河水

勢然今恩冀之患何緣尚告危急此則減水之利虛妄可知開六塔者又云可以全回大河使復橫壠故道見今六塔只是分減之水下流無歸已爲濱德博之患若全回大河以入六塔則其害如何此臣故謂近乎欺罔之繆也臣聞河本（一作之）泥沙無不淤之理淤澱之勢常先下流下流淤高水行不快乃自上流低下處決此其常勢也然避高就下水之本性故河流已棄之道自是難復臣不敢遠引書史廣述河源只以今所欲復之故道言天禧以來屢決之因初天禧中河出京東水行於今所謂故道者水既（一作流乎）

淤澁乃於滑州天臺埽決尋而修塞水復故道未幾又於滑州南鐵狗廟決今所謂龍門埽者也其後數年又議修塞水令復故道已而又於王楚埽決所決差小與故道分流然而故道之水終以壅淤故又於橫壠大決是則決河非不能力塞故道非不能力復不久終必決於上流者由故道淤高水不能行故也及橫壠既決水流就下所以十餘年間河未爲患至慶曆三四年橫隴之水又自下流先淤是時臣爲河北轉運使海口已淤一百四十餘里其後遊金赤三河相次又淤下流既梗乃又於上流商胡口復一作決然則京東

横壠兩河故道一無一字皆是下流淤塞河水已棄之高地京東故道屢復屢決理不可復其驗甚明則六塔所開故道之不可復不待言而易知臣聞議者計度京東故道功料止云銅城已上地高不知大抵東去皆高而銅城已上乃特高耳其東比銅城已上則似低比商胡已上則實高也若云銅城已東地勢斗下則當日水流一作決宜決銅城已上何緣而頓淤横壠之口亦何緣而大決也然則兩河故道既皆不可爲則河北水患何爲而可去臣聞智者之於事有所一有所字不能必則一作則必較其利害之輕重擇其害少者

而爲之猶勝害多而利少何況有害而無利此三者可較而擇也臣見往年商胡初決之時議欲修塞計用一千八百萬稍芟科配六路一百有餘州軍今欲塞者乃往年之商胡必須用往年之物數至於開鑿故道張奎元計功料極大後來李參等減得全少猶用三十萬人然一有夫字欲以五十步之狹容大河之水此可笑也又欲增一夫所開三赤之方倍爲六尺且闊厚三尺而長六尺已是一倍之功在於人力已爲勞苦若云六尺之方以開方法算之乃八倍之功此豈人力之所勝是則前功浩大而難興後功雖小而

不實大柢塞商胡開故道凡二大役皆困國而勞人所舉如此而欲開難復屢決已驗之故道使其虛費而商胡不可塞故道不可復此所謂有害而無利者也就使幸而暫塞暫復以紓目前之患而終於上流必決如龍門橫壠之比重以困國勞人此所謂利少而害多（一有者字）也若六塔者於大河有減水之名而無減水之實令下流所散為患已多若全回大河以注之則濵 德博河北所仰之州不勝其患而又故道淤澁上流必有他決之虞此直有害而無利耳是（一有則字）智者之不為也令若因水所在（一作注）增治堤防疏

其下流浚以入海則可無決溢散漫之虞今河所作一段歷數州之地誠爲患矣堤防歲用之夫誠爲勞矣與其虛費天下之財虛舉大衆之役而不能成功終不免爲數州之患勞歲用之夫則此所謂害少者乃智者之所擇也大抵今河之勢負三決之虞復故道上流必決開六塔上流亦決今河下流若不浚使入海則上流亦決臣請選知水利之臣就其下流求其入海之路而浚之不然下流梗澁則終虞上決爲患無涯臣非知水者但以今事目可驗者而較之耳言狂計愚不足以備聖君博訪之求此大事也伏乞下

臣之議廣謀於衆而裁擇之謹具狀奏聞伏候勑旨

論修河第三狀（一作論修六塔河　至和三年）

右臣伏見朝廷定議開修六塔河口回水入横壠故道此大事也中外之臣皆知不便而未有肯爲國家極言其利害者何哉蓋其説有三一曰畏大臣二曰畏小人三曰無奇策令執政之臣用心於河事亦勞矣初欲試十萬人之役以開故道既又捨故道而修六塔未及興役遽又罷之已而終爲言利者所勝今又復修然則其勢難於復止也夫以執政大臣鋭意主其事而又有不可復止之勢固非一人口舌可回

此所以雖知不便而罕肯言也李仲昌小人利口僞言衆所共惡今執政之臣既用其議必主其人且自古未有無患之河今河浸恩冀目下之患雖小然其患已形回入六塔將來之害必雖一作大而其害未至一作止夫以利口小人爲大臣所主欲與之爭未形之害勢必難奪就使能奪其議則言者猶須獨任恩冀爲患之責使仲昌得以爲辭大臣得以歸罪此所以雖知不便而罕敢言也今執政之臣用心太過不思自古無不一作無患之河直欲使河不爲患若得河不爲患雖竭人力猶當爲之況聞仲昌利口詭辯謂費物

少而用功不多不得不信爲奇策於是決意用之今言者謂故道既不可復六塔又不可修詰其如何則又無奇策以取勝此所以雖知不便而罕肯言也衆人所不敢言而臣今獨敢言者臣謂大臣非有私仲昌之心也直欲興利除害爾若果知其爲患（一作害）愈大則豈有不回者哉至於顧小人之後患則非臣之所慮也且事欲（一作貴）知利害權重輕有不得已則擇其害少而患輕者爲之此非明智之士不能也況治水本無奇策相地勢謹隄防順水性之所趨爾雖大禹不過此也夫所謂奇策者不大利則大害若循常

之計雖無大利亦不至大害此明智之士善擇利者之所爲也今言修六塔者奇策也然終不可成而爲害愈大言順水治堤者常談也然無大利亦無大害不知爲國計者欲何所擇哉若謂利害不可必但聚大衆興大役勞民困國以試奇策而僥倖於有成者臣謂雖執政之臣亦未必肯爲也臣前已具言河利害甚詳而未蒙採聽今復畧陳其大要惟陛下詔計議之臣擇之臣謂河水未始不爲患今順已决之流治堤防於恩冀者其患一而遲塞商胡復故道者其患一而速開六塔以田今河者其患三而爲害無涯

自河決橫壠以來大名金堤埽歲歲增治及商胡再決而金堤益大加功獨恩冀之間自商胡決後議者貪建塞河之策未嘗留意於堤防是以今河水勢（一無勢字）浸溢今若專意併力於恩冀之間謹治堤防則河患可禦不至於（一作爲）大害所謂其患一者十數年間今河下流淤塞則上流必有決處此一患而遲者也今欲塞商胡口使水歸故道治堤修埽功料浩大勞人費物困弊公私此一患也幸而商胡可塞故道復歸高淤難行不過一二年間上流必決此二患而速者也今六塔河口雖云已有上下約然全塞大河

正流爲功不小又開六塔河道治二千餘里堤防移一縣兩鎮計其功費又大於塞商胡數倍其爲困弊公私不可勝計此一患也幸而可塞水入六塔而東横流散溢濱德博與齊州之界咸被其害此五州者素號富饒河北一路財用所仰今引水注之不惟五州之民破壞田產河北一路坐見貧虛此二患也三五年間五州凋弊河流注溢久又淤高流行梗一作艱溢則上流必決此三患也所謂爲害而無涯者也今爲國誤計者本欲除一患而反就三患此臣所不諭也至如六塔不能容大河横攏故道本以高淤難

行而商胡決令復驅而注之必横流而散溢自澶至海二千餘里堤埽不可卒修修之雖成又必一作不能捍水如此等事甚多士無愚智皆所共知不待臣言而後悉也臣前未奉使契丹時已嘗具言故道六塔皆不可爲惟治堤順水爲得計及奉使往來河北詢於知水者其説皆然雖恩冀之人今被水患者亦知六塔不便皆願且治恩冀隄防爲是下情如此誰爲上通臣既知其詳豈敢自默伏乞聖慈特諭宰臣使更審利害速罷六塔之役差替李仲昌等不用選一二精幹之臣與河北轉運使副及恩冀州官吏相度

隄防併力修治，則今河之水必不至為大患。且河水天災，非人力可回，惟當順導防捍之而已，不必求奇策、立難必之功，以為小人僥冀恩賞之資也。況功必不成，後悔無及者乎？臣言狂計愚，惟陛下裁擇。

論狄青劄子 至和三年

臣聞人臣之能盡忠者，不敢避難言之事；人主之善馭下者，常欲聞難言之言。然后下無隱情，上無（一作不）壅聽，姦宄不作，禍亂不生。自古固有伏藏之禍未發之機，天下之人皆未知，而有一人能獨（一作獨能）言之，人主又能聽而用之，則銷患於未萌，轉禍而為福。若有矣若夫天下之人共知而獨一作獨其人主之不知者此莫大之患也今臣之所言者乃天下之人皆知而惟陛下未知也今士大夫無貴賤相與語于親戚朋友下至庶民無愚智相與語于閭巷道路而獨不以告陛下也其故何哉蓋其事伏而未發言者難於指陳也臣竊一作伏見樞密使狄青出自行伍號爲武勇自用兵陝右已著名聲及捕賊廣西又薄立勞效自其初掌機密進列大臣當時言事者已爲不便今三四年間雖未見其顯過然而不幸有得軍情之名推其所因蓋由軍士本是小人面有黥文樂其同類見其

進用自言我輩之内出得此人既以爲榮遂相悦慕加又青之事藝實過於人比其輩流又粗有見識是以軍士心共服其材能國家從前難得將帥經略招討常用文臣或不知軍情或不閑訓練自青爲將領既能自以勇力服人又知訓練之方頗以恩信撫士以臣愚見如青所爲尚未得古之名將一二但今之士卒不慣見如此等事便謂須是我同類中人乃能知我軍情而以恩信撫我青之恩信亦豈能徧及於人但小人易爲扇誘所謂一犬吠形百犬吠聲遂皆翕然喜共稱説且武臣掌機密而得軍情不唯於國

家不便亦於其身未必不爲害然則青之流言軍士所喜亦其不得已而勢使之然也臣謂青不得已而爲人所喜亦將不得已而爲人所禍者矣爲青計者宜自（一作自宜）退避事權以止浮議而青本武人不知進退近日以來訛言益甚或言其身應圖讖或言其宅有火光道路傳説以爲常談矣而惟陛下猶未聞也且唐之朱泚本非反者倉卒之際爲軍士所迫爾大抵小人不能成事而能爲患者多矣泚雖自取族滅然爲德宗之患亦豈小哉夫小人陷於大惡未必皆其本心所爲直由漸積以至蹉跌而時君不能制患

於未萌爾。故臣敢昧死而言人之所難言者，惟願陛下早聞而省察之耳。如臣愚見，則青一常才，未有顯過，但為浮議所喧，勢不能容爾。若如外人衆論，則謂青之用心有不可知者，此臣之所不能決也。但武臣掌機密而為軍士所喜，自於事體不便，不計青之用心如何也。伏望聖慈深思遠慮，戒前世（一作後）禍亂之迹，制於未萌，密訪大臣，早決宸斷，罷青機務，與一外藩。以此觀青去就之際，心迹如何，徐察流言，可以臨事制變。且二府均勞逸而出入，亦是常事。若青之忠孝出處如一，事權既去，流議漸消（一作息），則其誠節可明可以永保終始夫言未萌之患者常難於必信君侯患之已萌則又言無及矣臣官爲學士職號論思闡外議喧沸而事繫安危臣言狂計愚不敢自默取進止月餘青罷樞密知陳州

奏議卷第十三

論罷修奉先寺狀堅壯一作堅固
論修河第二狀未知此下一有始字不攻不字下一有待字不快一作
斷塹此其常勢一作此勢之常自是一作古力復此下一有所復二字水不
能行水字上一有而字又自下流先淤下流一作澁口又淤下流一再
有下流二字計用一千八百萬梢芟一作計用梢芟一千八百萬減得
一作損已是一作自是浩大一作既大則此所謂一作此則所謂大抵一作
約今河今字下一有日字
論修河第三狀畏小人畏一作任口舌一作之說之臣一作大臣目
下一作即日若得一作若能使非有私仲昌之心一作本非私仲昌功
料一作功費費物一作匱物之界一作竟

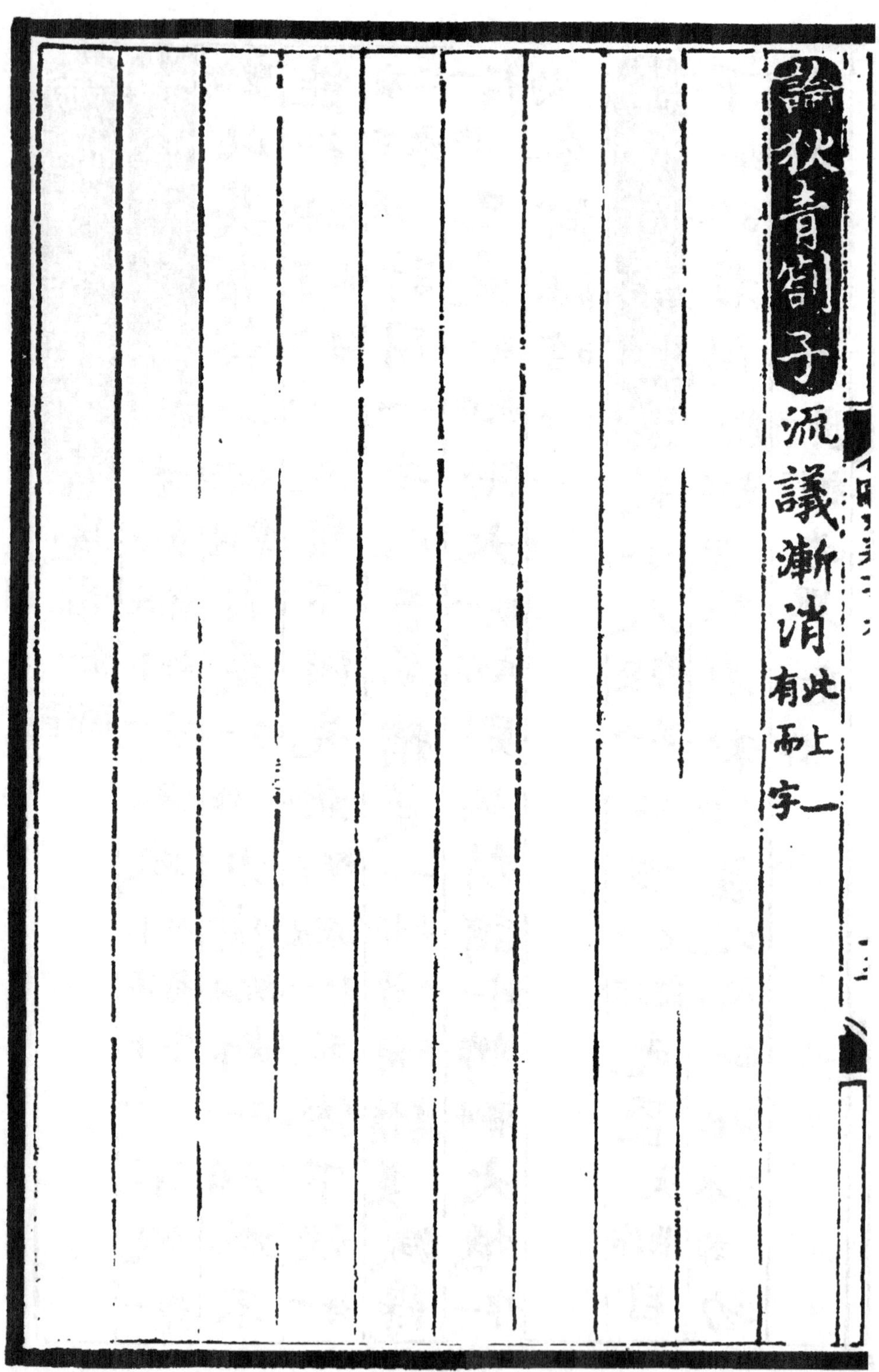

論狄青劄子

流議漸消（此上一有而字）

翰苑

論水災疏 至和三年

七月六日翰林學士朝散大夫尚書吏部郎中知制誥充史館修撰判太常寺兼禮儀事輕車都尉賜紫金魚袋臣歐陽某謹昧死再拜上疏于體天法道欽文聰武聖神孝德皇帝陛下：臣伏覩近降詔書，以雨水爲災，許中外臣寮上封言事，有以見陛下畏天愛人、恐懼脩省之意也。竊以雨水爲患，自古有之，然未有水入國門，大臣奔走，淹浸社稷，破壞都城者，此蓋天地之變也至於王城京邑浩如陂湖衝溺犇逃號呼晝夜人畜死者不知其數其幸而免者屋宇摧塌無以容身縛栰露居上雨下水纍纍老幼狼籍于天衢之中又聞城外墳冢亦被浸注棺槨浮出骸骨漂流此皆聞之可傷見之可憫生者既不安其室死者又不得其藏此亦近世水災未有若斯之甚者此外四方奏報無日不來或云閉塞城門或云衝破市邑或云河口決千百步闊或云水頭高三四丈餘道路隔絕田苗蕩盡是則大川小水皆出爲災遠方近畿無不被害此陛下所以警（一作驚）懼莫大之變隱惻至

仁之心廣爲諮詢冀以消復竊以天人之際影響不差未有不召而自至之災亦未有已出而無應之變其變既大則其憂亦深臣愚謂非小小有爲可以塞此大異也必當思宗廟社稷之重察安危禍福之機追已往之闕失防未萌之患害知此等事不過一二而已自古人君必有儲副（一作嗣，下同）所以承宗社之重而不可闕者也陛下臨御三十餘年而儲嗣未立此久闕之典也近聞臣寮多以此事爲言大臣亦嘗進議陛下聖意久而未決而庸臣愚士知小忠而不知大體者因以爲異事遂生嫌疑之論此不思之甚也且自古帝王有子至三二十人者甚多材高年長羅列於朝者亦衆然爲其君父者莫不皆享無窮之安豈有所嫌而斥其子耶若陛下鄂王豫王皆在至今則儲宮之建久矣世之庸人偶見陛下久無皇子忽聞此議遂以云云爾且禮曰一有元良萬國以正蓋謂定天下之根本上承宗廟之重亦所以絕臣下之邪謀自古儲嗣所以安人主也若果如庸人嫌疑之論則是常無儲嗣則人主安有儲嗣則人主危此臣所謂不思之甚也臣又見自古帝王建立儲嗣既以承宗廟之重又以爲國家美慶之事故每立太子則

不敢專享其美必大赦天下凡爲人父後者皆被恩澤所以與天下同其慶喜然則非惡事也漢文帝初即位之明年羣臣再三請立太子文帝再三謙讓而後從之當時羣臣不自疑而敢請漢文帝亦不疑其臣有二心者臣主之情通故也五代之主或出武人或出夷狄如後唐明宗尤惡人言太子事羣臣莫敢正言有何澤者嘗上書乞立太子明宗大怒謂其子從榮曰羣臣欲以汝爲太子我將歸老於河東由是臣下更不敢言然而（一有漢字）文帝立太子之後享國長久爲漢太宗是則何害其爲明主也後唐明宗儲嗣

不早定而秦王從榮後以舉兵窺覬陷于大禍後唐遂亂此前世之事也況聞臣寮所請但欲擇宗室爲皇子爾未即以爲儲貳也伏惟陛下仁聖聰明洞鑒今古必謂此事國家大計當重慎而不可輕發所以遲之耳非惡人言而不欲爲也然朝廷大議中外已聞不宜久而不決昨自春首以來陛下服藥于内一無二字大臣早夜不敢歸家飲食醫藥一無十一字侍于左右如人子之侍父自古君臣未有若此之親者也下至羣臣士庶婦女嬰孩晝夜禱祈塡咽道路發於至誠不可禁止以此見臣民盡忠愛陛下之德厚愛陛下之

意深故爲陛下之慮遠也今之所請天下臣民所以爲愛君計也陛下何疑而不從乎中外之臣既喜陛下聖躬康復又欲見皇子出入宫中朝夕問安侍膳于左右然後文武羣臣奉表章爲陛下賀辭人墨客稱述本支之盛爲陛下歌之頌之豈不美哉伏願作一望陛下出於聖斷擇宗室之賢者依古禮文且以爲子未用立爲儲副也既可以徐察其賢否亦可以俟皇子之生臣又見樞密使狄青出自行伍遂掌樞密始初議者已爲不可今三四年間外雖未見過失而不幸有得軍情之名且武臣掌國機密而得軍情豈

是國家之利臣前有封奏其説甚詳具述青未是奇材但於今世將率中稍可稱耳雖其心不爲惡不幸爲軍士所喜深恐因此陷青以禍而爲國家生事欲乞且罷青樞務任以一州既以保全青亦爲國家消未萌之患蓋縁軍中士卒及閭巷人民以至士大夫間未有不以此事爲言者惟陛下未知之爾臣之前奏乞留中而出自聖斷若陛下猶以臣言爲疑乞出臣前奏使執政大臣公議此二者當今之急務也凡所謂五行災異之學臣雖不深知然其大意可推而見也五行傳曰簡宗廟則水爲災陛下嚴奉祭祀可

謂至矣惟未立儲貳易曰主器莫若長子殆此之警戒乎至於水者陰也兵亦陰也武臣亦陰也此推類而易見者天之譴告苟不虛發惟陛下深思而早決庶幾可以消弭災患而轉爲福應也臣伏覩一作讀詔書曰悉心以陳無有所諱故臣敢及之若其他時政之失必有群臣應詔爲陛下言者臣言狂計愚惟陛下裁擇臣昧死再拜

再論水災狀同前

右臣伏覩近降手詔以水災爲變上軫聖憂既一人形罪己之言宜百辟無遑安之意而應詔言事者猶

少亦未聞有所施行豈言者不足採歟將遂無人言也豈有言不能用歟然則上有詔而下不言下有言而上不用皆空言也臣聞語曰應天以實不以文動民以行不以言臣近有實封應詔竊謂水入國門大臣犇走渰浸社稷破壞都城此天地之大變也恐非小有所爲可以消弭因爲陛下陳一二大計而言狂計愚不足以感動聽覽臣日夜思惟方今之弊紀綱之壞非一日政事之失非一端水災至大天譴至深亦非一事之所致災譴如此而禍患所應于後者又非一言而可測是則已往而當救之弊甚衆未來而

可憂之患無涯亦非獨責二三大臣所能取濟況自古天下之治必與衆賢共之也詩曰濟濟多士文王以寧書載堯舜之朝一時同列者夔龍稷契之徒二十餘人此特其大者爾其百工在位莫不皆賢也今欲救大弊弭大患如臣前所陳一二大計既未果爲而又不思衆賢以濟庶務則天變何以塞人事何以修故臣復敢進用賢之説也臣材識愚暗不能知人然衆人所知者臣亦知之伏見龍圖閣直學士知池州包拯清節美行著自貧賤讜言正論聞于朝廷自列侍從良多補益方今天災人事非賢罔乂之時拯

以小故棄之遐遠此議者之所惜也祠部員外郎直史館知襄州張瓌靜默端直外柔内剛學問通達似不能言者至其見義必爲可謂仁者之勇此朝廷之臣非州郡之才也祠部員外郎崇文院檢討呂公著故相夷簡之子清靜寡欲生長富貴而淡於榮利識慮深遠文學優長皆可過人而喜自晦默此左右顧問之臣也太常博士群牧判官王安石學問文章知名當世守道不苟自重其身論議通明兼有時才之用所謂無施不可者凡此四臣者難得之士也拯以小過棄之其三人者進退與衆人無異此皆爲世所知

者猶如此臣故知天下之廣賢材淪没於無聞者不少也此四臣者名迹已著伏乞更廣詢採亟加進擢置之左右必有裨補凡臣所言者乃願陛下聽其言用其才以濟時艱爾非爲其人私計也若量霑恩澤稍陞差遣之類適足以爲其人累耳亦非臣薦賢報國之本心也臣伏見近年變異非止水災譴告丁寧無所不有董仲舒曰國家將有失道之敗而天乃先出災害以譴告之不知自省又出怪異以警懼之尚不知變而傷敗乃至斯言極矣伏惟陛下切詔大臣深圖治亂廣引賢俊與共謀議未有衆賢並進而天

下不治者此亦救災弭患一端之大者臣又竊見京東京西皆有大水並當存卹而獨河北遣使安撫兩路遂不差人或云就委轉運使此則但虛爲行遣爾兩路運司只見河北遣使便認朝廷之意有所重輕以謂不遣使路分非朝廷憂恤之急者兼又放稅賑救皆耗運司錢一作用物於彼不便兼又運使未必皆得人其才未必能救災卹患又其一司自有常行職事亦豈能專意撫綏故臣以爲虛作行遣爾伏乞各差一使於此兩路安撫雖未能大段有物賑濟至於興利除害臨時措置更易官吏詢求疾苦事既專一

必有所得與就委運司其利百倍也又聞兩浙大旱
赤地千里國家運米仰在東南今年災傷若不賑濟
則來年不惟民饑國家之物亦自闕供此不可不留
心也竊聞三司今歲京師糧米已有二年備準外猶
有三百五十萬餘未漕之物今年東南旣旱則來年
少納上供此未漕之米誠不可不惜然少輟以濟急
時亦未有所闕欲下三司勘會若實如臣所聞則乞
量輟五七十萬石物與兩浙一路令及時賑救一十
三州只作借貸他時米熟不妨還官然所利甚博也
此非弭災之術亦救災之一端也臣愚狂妄伏望聖

慈特賜裁擇，謹具狀奏聞，伏候敕旨。

論水入太社劄子 同前

臣所領太常寺累得郊社勾當人狀申，爲雨水渰浸太社、太稷壇四面及屋宇墻壁摧塌，乞行修整。尋〔一無尋字〕曾具狀申奏及累牒三司，至今未見有人興功整緝，但聞行路之人咨嗟傳說，言國家社稷之壇損壞如此。臣遂躬親往詣太社及齋宮裏外覷當，見二壇浸在水中，四神門及闕庭、齋宮屋宇並各倒側摧圮，并自來所植樹木亦有僵仆，與瓦石土木縱横狼籍於水中，四面並無墻垣，行路之人往來皆見。竊以宗廟社稷禮貴尊嚴今四面並無遮映使巷陌人馬往來褻瀆如此而又積水圍浸乏木土石狼籍其中臣初到彼旁側居民見臣來覷當亦有對臣咨嗟者又見有數人兵士在彼庠水問得只有二十三人仍是今日纔方差到既無家事庠水又無官負監督社稷之重豈宜如此竊以水入社稷咎罰豈輕陛下仁聖寬慈未有過失天之譴告必有所因伏乞特諭執政之臣退省巳失之事各思警懼速務修完仍較量事體輕重後先以社稷爲國家大事不與軍營倉卒一例行遣乞專差大臣一員充修太社太稷使并差幹

事諸司使及使臣一兩員監役及差兵匠併力先且決洩𡵚出積水築起四面垣墻不使路人車馬往來褻瀆然後整緝諸屋舍等以稱陛下尊嚴社稷上畏天戒之意臣以職事不敢不言取進止差知橙院王起三司判官王繹監修提舉

乞添上殿班劄子 嘉祐元年十月

臣伏見陛下自今春服藥已來羣臣無得進見今聖體康裕日御前後殿視朝決事中外臣庶無不感悅然侍從臺諫省府臣寮皆未曾一作能得上殿奏事今雖邊鄙寧靜時歲豐稔民無疾癘盜賊不作天下庶

務粗循常規皆不足上煩聖慮陛下可以游心清閑頤養聖體然侍從臺諫省府臣寮皆是陛下朝夕左右論思獻納委任之臣豈可曠隔時月不得進見於前不惟亦有天下大務理當論述者至於臣子之於君父動經年半一作歲不得進對豈能自安一有臣字今欲望聖慈每遇前後殿坐日中書樞密院退後如審官三班銓司不引人則許臣寮一班上殿假以頃刻進瞻天威不勝臣子區區之願也如允臣所請乞下閤門施行仍約束上殿臣寮不得將干求恩澤訴理功過及細碎閑慢等事上煩聖聽或乞約定上殿時刻

所貴不煩久坐伏候勑旨（其後上數添一班）

論賈昌朝除樞密使劄子（一作論其人交結宦官狀嘉祐元年十一月）

臣伏見（一作覩）近降制書除賈昌朝爲樞密使旬日以來中外人情莫不疑懼縉紳公議（一作論）漸以沸騰蓋緣（一作由）昌朝禀性回邪執心傾險頗知經術能文（一作緣）飾姦言好（一作善）爲陰謀以陷害良士小人朋附者衆皆樂爲其用前在相位（一作政事）累害善人所以聞其再來望風恐畏（一作畏恐）陛下聰明仁聖勤儉憂勞每於用人尤所審慎然而自古毀譽之言未嘗不並進於

前而聽察一作紬之際人主之所難也臣以謂能知聽察之要則不失之矣何謂其要在先察毀譽之人一作臣若所譽者君子所毀者小人則不害其進用矣若君子非之小人譽之則可知其人不可用矣一作小人譽之君子非之則其人可知其不可用矣今有毅然立於朝危言讜一作正論不阿人主不附權臣其直節忠誠爲中外素所稱信者君子也如此等人一無四字皆以昌朝爲非矣宦官宮女左右使令之人往往小人也如此等人一無四字皆以昌朝爲是矣陛下察此則昌朝爲人可知矣今陛下之用昌朝與執政大臣謀而用之乎與立朝忠正之

士（一作臣）謀而用之乎與左右近習之臣（一作與宦官左右之人）謀而用之乎或不謀於臣下斷自聖心而用之乎昨聞昌朝陰結宦竪構造事端謀動大臣以圖進用若陛下與執政大臣謀之則大臣勢在（一作自起）嫌疑必難啓口若立朝忠正之士則無不以爲非矣其稱譽昌朝（一作其所稱信）以爲可用者不過宦官左右之人爾陛下用昌朝爲天下而用之乎爲左右之人而用之乎臣伏思（一作料）陛下必不爲左右之人而用之也然左右之人謂之近習朝夕出入進見無時其所讒諛能使人主不覺其漸昌朝善結宦官人人喜爲稱譽朝一

人進一言，暮一人進一説，無不稱昌朝之善者（一有使字）陛下視聽漸熟，遂簡在于聖心。及將用之時，則不必與謀（一有議字）也，蓋稱薦有漸，久已熟于聖聰（三字一作於聽）矣。是則陛下雖斷自聖心，不謀臣下（一作於人）而用之，亦左右之人積漸稱譽之力也。陛下常患近歲以來（一無二字）大臣體輕，連爲言事者彈擊，蓋由用非其人，不叶物議而然也。今昌朝身爲大臣，見事不能公論，乃結交中貴，因内降以起獄（一有款字），以此規圖進用。竊（一作今）聞臺諫方欲論列其過惡，而忽有此命（命字一作差除），是以中外疑懼，物論喧（一作沸）騰也。今昌朝未來，議論（一作外議）已如此則使其在位一作若使居其位必不免言事者上煩聖聽若不爾則昌朝得遂一作遂得其志傾害善人壞亂朝政一作事體必爲國家生事臣愚欲望聖慈一作臣願聖聰抑左右陰薦之言採縉紳公正一作議之論一作說早一作速罷昌朝還其舊鎮一作任則天下幸甚臣官爲學士職號論思見聖心求治甚勞而一旦用人偶失而外廷物議如此既有見聞合思裨補取進止

舉留胡瑗管勾太學狀 同前

右臣伏見新除國子監直講胡瑗充天章閣侍講有以見聖恩獎崇儒學褒勸經術之臣也然臣等竊見

國家自置太學十數年間生徒日盛常至三四百人自瑗管勾太學以來諸生服其德行遵守規矩日聞講誦進德修業昨來國學開封府幷鎖廳進士得解人中（四字一作內）三百餘人是瑗（一作皆是胡瑗）所教然則學業有成非止生徒之幸庠序之盛亦自（一無自字）是朝廷（一有之字）美事今瑗既升講筵遂去太學竊恐生徒無依漸以分散竊以學校之制自昔難興惟唐太宗時生員最多史冊書之以為盛美其後庠序廢壞至于今日始復興起若一旦分散誠為可惜也（一作誠可惜矣）臣等欲望聖慈特令胡瑗同勾當國子監或專（一作兼）管勾太

學所貢生徒不至分散伏候勑旨

薦布衣蘇洵狀 嘉祐五年

右臣猥以庸虛叨塵侍從無所裨補常愧心竊慕古人薦賢推善之意以謂爲時得士亦報國之一端往時自國家下詔書戒時文諷勵學者以近古蓋自天聖迄今二十餘年通經學古履忠守道之士所得不可勝數而四海之廣不能無山巖草野之遺其自重者既伏而不出故朝廷亦莫得而聞此乃如臣等輩所宜求而上達也伏見眉州布衣蘇洵履行淳一作純固性識明達亦嘗一舉有司不中遂退而力學其

論議精於物理而善識變權文章不爲空言而期於有用其所撰權書衡論機策二十篇辭辯閎偉博於古而宜於今實有用之言非特能文之士也其人文行久爲鄉閭所稱而守道安貧不營仕進苟無薦引則遂棄於聖時其所撰書二十篇臣謹隨狀上進伏望聖慈下兩制看詳如有可採乞賜甄録謹具狀奏聞伏候敕旨

舉梅堯臣充直講狀 嘉祐元年作

右臣等忝列通班無裨聖治知士不薦咎在蔽賢伏見太常博士梅堯臣性純一作淳行方樂道守節辭學

優贍經術通明長於歌詩得風雅之正雖知名當時而不能自達竊見國學直講見闕二員堯臣年資皆應選格欲望依孫復例以補直講之員必能論述經言教導學者使與國子諸生歌詠聖化于庠序以副朝廷育材之美如後不如舉狀臣等並甘同罪

舉布衣陳烈充學官劄子 嘉祐元年

臣伏見國家崇建學校近年以來太學生徒常至三四百人此朝廷盛美之事數百年來未嘗有也然而教導之方必慎其選其進德修業必有篤行君子可以不言而化者使居其間以為學者師法庶幾內修

其實不止聚徒之多爲虚名之美也伏見福州處士陳烈清節茂行著自少時晚而益勤久而愈信非惟一方學者之所師蓋天下之士皆推尊其道德謂宜以禮致之朝廷必有裨補近閒命以官秩使教學於鄉里其禮甚薄未足以稱勵賢旌德之舉臣今乞以博士之職召致太學雖未能盡其材亦足以副天下學者之所欲而成一作爲朝廷崇賢勸學之實取進止

再乞召陳烈劄子 嘉祐二年

臣嘗奏舉福州處士陳烈有道德可爲博士處之太學竊聞朝廷命以官秩俾之講說而烈辭讓不起臣

亦嘗知烈之爲人其學行高古然非矯激之士（一有也字）其所蘊蓄亦欲有所施爲況聖恩優異褒賁所及足以勸天下之爲善者在烈不宜辭避然其進退之際亦有所難蓋朝廷前命以本州教授彼方辭讓而遽有國學之召義不得不辭然自古國家樂賢好士未始不如此在下者逡巡而避讓在上者勤勤而不已以勵難進之節而天下靡然識上有好賢不倦之心上下相成以勸風俗臣謂朝廷宜再加優命致烈必來則於其（一作其於）進退之際已足以勉勵媮薄臣今欲乞未命以官但且召至京師彼必無名辭避俟其既

至徐可推恩況今胡瑗疾病方乞致仕學校之職不可闕人能繼瑗者非烈不可欲乞早賜指揮取進止

薦王安石呂公著劄子至和中

臣伏見陛下仁聖聰明優容諫諍雖有狂直之士犯顏色而觸忌諱者未嘗不終始保全往往亟加擢用此自古明君賢主一作聖王之所難也然而用言既難獻言者亦不爲易論小事者既可鄙而不足爲陳大計者又似迂而無速效欲微諷則未能感動將直陳則先忤貴權而旁有群言奪於衆力所陳多未施設其人遽已改遷致陛下有聽言之勤而未見用言之效

頗疑言事之職但爲速進之階蓋緣臺諫之官資望已峻少加進擢便履清華而臣下有厭人言者因此亦得進説直云此輩務要官職所以多言使後來者其言益輕而人主無由取信辜陛下納諫之意違陛下賞諫之心臣以謂欲救其失惟宜擇沉默端正守節難進之臣置之諫署則既無干進之疑庶或其言可信伏見殿中丞王安石德行文學爲衆所推守道安貧剛而不屈司封員外郎吕公著是夷簡之子器識深遠沉静寡言富貴不染其心利害不移其守安石久更吏事兼有時才曾召試館職固辭不就公著

性樂閑退淡於世事然所謂夫人不言言必有中者也往年陛下上遵先帝之制增置臺諫官四員已而中廢復止兩員今諫官尚有虛位伏乞用此兩人補足四員之數必能規正朝廷之得失裨益陛下之聰明臣叨被恩榮未知報效苟有所見不敢不言取進止乞留中遂不出

薦張立之狀

臣伏見朝廷之議常患方今士人名節不立民俗禮義不修所以取士多濫而浮僞難明愚民無知而昌犯者衆蓋由設教不篤而奬善無方也伏見徐州進

士同三禮出身見守選人張立之能事父母有至孝之行著聞鄉里本州百姓僧道列狀稱薦前後長吏累次保明安撫臣寮亦曾論奏至今未蒙朝廷甄擢其人母年八十無禄以養銓司近制於選人祇許入邊遠官立之家居則患禄不逮親欲就遠官則難於扶侍有至孝之行而進退失所有累薦之美而懲勸不及於立之養親之志所希至少於朝廷奬善之道所施至多伏望聖慈特下銓司採閲本人行止及前後論薦迹狀與一本州合入官所貴旌一士之行勸一鄉之人伏以古今致理先於孝子勸賞最勤今孝

悌之科久廢不舉旌表之禮久闕不行欲乞今後應有孝行著聞累被薦舉者與一本州官令自化其鄉里仍乞著爲永式其張立之如允臣所奏乞送銓司施行

奏議卷第十四

不幸（不字上一有而字）

今乞以（一作今乞論以）

奏議卷第十五　　歐陽文忠公集一百十一

翰苑

條約舉人懷挾文字劄子嘉祐二年正月知貢舉

臣伏見國家自興建學校以來，天下學者日盛，務通經術，多作古文，其辭藝可稱、履行修飭者不可勝數。然累次科場，人數倍多，於往歲事既太盛，弊亦隨生。竊聞近年舉人公然懷挾文字，皆是小紙細書，抄節甚備。每寫一本，筆工獲錢三二十千，亦有十數人共斂錢一一作三二百千，雇倩一人，虛作舉人名目，依例下家狀入科場，只令懷挾文字入至試院，其程試則他人代作事不敗則賴其懷挾共一作互相傳授事敗則不過扶出一人既本非應舉之人雖敗別無刑責而坐獲厚利竊以國家取士務得實材今若浮僞之人容其濫進則使負辛勤藴實學者無以自别且自來科場務存事體所以優加禮遇用待賢能今浮薄之徒不知朝廷崇奬之意自爲姦僞以至於此甚可歎也謂一作惟宜峻立科條明加約束使浮薄姦僞之徒不容於其間則實有學行之人得被選進然後士子無濫舉朝廷得實才臣今欲乞增定貢院新制寬監門之責重廵鋪之賞蓋以入門之時一一搜檢則

處成擁滯故臣乞自舉人入院後嚴加巡察多差內臣及清幹京朝官巡鋪每獲懷挾者許與理爲勞績或免遠官或指射差遣其監門官與免透漏之責若捜檢覺察得人數多者令知舉官聞奏取旨重加酬奬其巡鋪官除只得巡察懷挾及傳授文義外不得非理侮慢舉人廢存事體且朝廷待士甚厚而小人自爲浮薄不可不行禁止以革弊源一作厚弊如允臣所奏乞立定巡鋪官賞格及懷挾人責罰刑名添入貢院新定條制仍牓南省門及下進奏院須告天下所貴先明條約然後必行取進止

論保明（一無明字）舉人行實（一作止）劄子　同前

臣伏覩近降勑命更定科場條制内一節令本縣令佐知州通判保明舉人行實委無玷缺若因事彰露只罪令佐知州通判所斷刑名並用舊制雖去官經恩不得原減者伏緣舊制刑名甚重今來去官經恩不得原減則官吏所責不輕而玷缺之累中人所不能免小過微累皆爲玷缺難以必用深刑責官吏保其所不能盡知者若謂止坐大事則又無明文竊慮後有犯者難用必行之法臣今欲乞指定舉人玷缺事狀如事親不孝行止踰濫冒哀匿服曾犯刑責及

雖有蔭贖而情理重者以上事節苟犯其一並不得收試如違必並一作用舊制刑名所貴事簡而易遵法嚴而必用如允臣所請乞下禮部貢院施行今取進止

論契丹求御容劄子 嘉祐二年

臣伏見契丹所遣汎使專爲御容而來中外之議皆謂前歲既已許之於理不可中止失於不早踐言至彼非時遣使及朝夕以來傳聞頗異或云大臣共議欲遂拒而不與若然則臣恐釁隙之端自此而始禍患之起未易遽言大凡爲國謀事者必先明信義重

曲直酌人情量事勢四者皆得然後可以不疑苟一有未然尚恐敗事況四者俱失豈可不思契丹與中國通盟久矣而嚮來宗真特於信好自表慇懃別有家書繼以畫像聖朝納其來意許以報之而乃遷延至今遂欲食言而中輟是則彼以推誠結我我以不信待之失信傷義甚非中國待夷狄之術而又其曲在我使彼易以爲辭自南北通和以來信問往復之際每於報答常從優厚假借既久其心已驕況此畫像之來特表慇懃之意是則於平常之禮厚報以驕之慇懃之來則不報以沮一作阻下同之沮之彼必怒不

報彼必恥懷恥畜怒何所不爲此人之常情也許其
父不許其子厚薄之際此亦人情之難處也臣竊見
契丹來書初無寒温候問之言直以踐言孤約爲説
其意在於必得若此時被沮勢必更來事既再三豈
能堅執若待其失於遜順已成釁隙然後與之則重
爲中國之辱又使夷狄謂中國難以恩意交惟可以
勢力脅因之引惹別有它求則爲後患何可涯哉今
虜主雖弱而中國邊備未完廟謀未勝未可生事而
欲執我曲彼直之議以起戎而結禍夫察彼事勢必
不能中止量我事勢又未能必沮之臣故曰四者俱

失也臣又聞虜使入境之日地震星殞變異非常先事深防猶恐不及失計招禍豈可自爲臣願聖慈出於獨斷勿沮其善意無失我信言臣今欲乞回諭虜中告以如約直俟今冬因遣常使時與之則於事體稍便伏乞速下兩府商議上繫國家利害臣不敢不言今取進止

論選皇子疏 一作書　嘉祐二年

八月日翰林學士朝散大夫右諫議大夫知制誥充史館修撰判修唐書判太常寺兼禮儀事上輕車都尉賜紫金魚袋臣歐陽某謹眛死再拜上書于體天

法道欽文聰武聖神孝德皇帝陛下臣聞言天下之難言者不敢冀必然之聽知未必聽而不可不言者所以盡爲忠之心況臣遭遇聖明容納諫諍言之未必不聽其可默而不言臣伏見自去歲以來羣臣多言皇嗣之事臣亦嘗因災異竊有奏陳雖聖度包容不加誅戮而愚誠懇至天聽未回臣實不勝愛君之心日夜區區未嘗忘此思欲再陳狂瞽而未知所以爲言今者伏見兖國公主近已出降臣因竊思人之常道莫親於父子之親人之常情亦莫樂於父子之樂雖在聖哲異於凡倫其爲天性於理則一陛下嚮

雖未有皇嗣而尚有公主之愛上慰聖顔今既出降漸踈左右則陛下萬機之暇處深宫之中誰可與語言誰可承顔色臣愚以謂宜因此時出自聖意於宗室之中選材賢可喜者録以爲皇子使其出入左右問安侍膳亦足以慰悦聖情臣考於書史竊見自古帝王雖曰至尊未嘗獨處也其出而居外也不止百司公見奏事而已必有儒臣學士講論於閒宴又有左右侍從顧問語言其入而居内也不止宦官宫妾在於左右而已其平居燕寢也則有太子問安侍膳於朝夕其優游宴樂也多與宗室子弟懽然相接如

家人計其一日之中未嘗一時獨處也今陛下日御前後殿百司奏事者往往仰瞻天顏而退其甚幸者得承一二言之德音君臣之情不通上下之意不接其餘在廷之臣儒學侍從之列未聞一人從容親近於左右入而居内則至於問安侍膳亦闕於朝夕是則陛下富有四海之廣躬享萬乘之尊居外則無一人可親居内則無一人得親此臣所以區區而欲言也伏况陛下荷祖宗之業承宗廟社稷之重皇子未降儲位久虚羣臣屢言大議未決臣前所奏陳以謂未必立爲儲貳而且養爲子既可以徐察其賢否亦

可以待望子之降生於今爲之亦其時也臣言狂計愚伏俟斧鉞臣昧死再拜

乞寫秘閣書令館職校讎劄子 嘉祐二年九月兼判秘閣秘書省

臣近準敕兼判秘閣檢會先準皇祐元年七月十一日中書劄子節文奉聖旨秘閣有闕者書名件用崇文總目逐旋補寫依例酬校了以黄綃裝褾正副二本收附準備御覽內中取索（一作借）本閣尋具畫一合行事件聞奏蒙依所奏施行當時雖有此行遺尋值抄寫觀文殿書權住至今伏見館閣校讎之官員數

甚多除係省府南曹外其餘主判閑局及别無主判若並各無書校對既無職事因此多不入館伏以館閣國家優養賢材之地自祖宗以來號為清職今館宇闃然塵埃滿席有同廢局甚可歎嗟臣今欲乞檢會先準皇祐元年七月十一日所降指揮及一宗行遣次第許從本閣選請在院館職官員先將秘閣書目與崇文總目點對内有見闕書籍即於三館取索先校定然後抄寫成書仍差初校覆校官刊正裝褫其合行事件已有畫一起請依奏指揮亦乞檢會施行惟元乞公用錢乞更不支破其抄寫楷書候見得

闕書數目將見在楷書人數酌量多少如一作照闕人即别具擘畫聞奏令取進止

乞定兩制員數劄子 嘉祐三年

臣竊以學士待制號爲侍從之臣所以承宴間備顧問以論思獻納爲職自祖宗以來尤精其擇一作尤所精擇苟非清德美行藹然衆譽高文博學獨出一時則不得與其選是以選用至艱員數至少官以難得爲貴人以得職爲榮搢紳之望既隆則朝廷之體增重其後用人頗易員數漸多往時學士待制至六七十員近年以來稍慎除拜即今猶及四十餘員臣以謂愛

惜名器不輕授人朝廷既已知之矣而為國家（一無矣而家字）三計者宜於此時（一作宜及今亦）創立經制今惟翰林學士中書舍人知制誥各有定員其餘學士待制未有定員（一作員）數臣今欲乞檢詳前史及國朝故事自觀文殿大學士至待制並各立定員數遇有員闕則精擇賢材以充其選苟無其人尚可虛位以待如允臣所請乞賜詳議施行取進止

論編學士院制詔劄子　嘉祐三年

臣伏見國家承五代之餘建萬世之業誅滅僭亂懷來四夷封祀天地制作禮樂至於大臣進退政令改

更學士所作文書皆繫朝廷大事示於後世則為王者之訓謨藏之有司乃是本朝之故實自明道以前文書草稾尚有編録景祐以後漸成散失臣曾試令類聚收拾補綴十已失其五六使聖宋之盛文章詔令廢失湮淪緩急事有質疑有司無所檢證蓋由從前雖有編録亦無類例卷第只是本院書吏私自抄寫所以易為廢失臣今欲乞將國朝以來學士所撰文書各以門類依其年次編成卷秩號為學士院草録有不足者更加求訪補足之仍乞差本院學士從下兩員專切管勾自今已後接續編聯如本行人吏

不盡時編録致有漏落許令本院舉察理爲過犯此臣本院常事也所以上煩聖聽者蓋以近歲以來百司綱紀相承廢壞事有曾經奏聞及有聖旨指揮者僅能遵守若只是本司臨時處置其主判之官纔罷去則其事尋亦廢停所以臣欲乞朝廷特降指揮所貴久遠遵行不敢廢失今取進止

請今後乞内降人加本罪二等劄子 嘉祐三年

臣伏見諫官陳旭起請僥求内降之人委二府劾奏于請者之罪蒙朝廷依奏施行尋聞李瑋因内降責罰自後罕聞敢求内降以希恩賞者以此見至公之

朝必信之法可以令行而禁止也然旭所請只爲恩賞之一端而小人僥求無所不至臣自權知開封府未及兩月之間十次承準内降或爲府司後行或爲宫院姨嬭或爲内官及干繫人吏等本府每具執奏至于再三而干求者（一無三字）内降不已至於婢妾賤人犯姦濫等事亦敢上煩聖聰以求私庇宦竪小臣自圖免過反彰聖君曲法之私雖有司執奏終許公行然小人干求未有約束止絶臣令（一無此字）欲乞今後應有因事敢干求内降者依舊許本府執奏外更乞根究因緣干求之人奏攝下府勘劾重行責罰如本人

自行干請者亦乞一就勘鞫加元犯本罪二等斷遣其情理稍深及干求不已者亦許本府一面牒報御史臺彈糾勘劾施行所貴止絶小人干亂公朝敗紊綱紀今取進止

論梁舉直事封回内降劄子 嘉祐二年

臣勘會本府見勘内臣梁舉直公事兩曾執奏三準内降特與放罪臣伏見近年權倖之臣多是公然作過不畏憲法恃干求内降紊亂紀綱所以前後臣寮累具論述陛下特降明詔許承受官司執奏不得施行布告天下著爲信令今梁舉直累煩睿聽干求不

已本府遵依前後詔勅再具執奏未許公行伏以曲庇小臣撓屈國法自前世帝王苟有如此等事史册書之以著人君之過失今梁舉直不欲受過於其身寧彰陛下之過於中外舉直此罪重於元犯之罪今縱未能法外重行以戒小人干求内降者其元犯本罪豈可曲恕舉直苟爲愛身之計不思愛君之心乃是小人全無知識爾如臣忝被恩寵列於侍御職在獻納合思裨補豈可阿意順旨爲陛下曲法庇縱小臣以彰聖君之失其内降臣更不敢下司謹具狀繳連進納今取進止

論郭皇后影殿劄子 嘉祐三年

臣所領太常禮院得御藥院公文稱奉聖旨送畫到景靈宫廣孝殿後修蓋郭皇后影殿圖子一本赴太常禮院詳定者其圖子已别具狀繳奏訖臣伏見近年京師土木之功糜耗國用其弊特深原其本因只爲差内臣監修利於偷竊官物及訖功之後僥求恩賞以故多起事端務廣興作其甚則託以祖宗神御張皇事勢近年以來如此興造略無虚歲伏以景靈宫建自先朝以尊奉聖祖陛下又建真宗皇帝章懿太后神御殿於其間天下之人皆知陛下奉先廣孝

之意然則此宮乃陛下奉天奉親之所今乃欲以後宮已廢未（一作追）復之后建殿與先帝太后並列瀆神違禮莫此之甚臣竊謂此事必不出於聖意皆小人私於興作有所僥求爾蓋自前世帝王於宗廟之外别爲廟享以追奉祖宗者則有之未聞有自追奉其妃后者也蓋小人不識事體但茍一時之利不思虧損聖德伏乞特賜寢罷以全典禮今取進止

論孟陽河開掘墳墓劄子 嘉祐四年春

臣勘會府界剏開孟陽新河相次據祥符縣人户經府披訴稱被人夫開掘墳墓斫伐桑棗拆拽舍屋等

事尋差兵曹參軍張稚圭往彼檢視得已開河道六里有餘計三料開掘却村民墳墓八十二所大墓園三所草庵屋七十七間其未開三料猶有墳墓二十五所舍屋四十七間桑五百餘株田土八十段臣因體問得村民所掘墳墓屍首骨殖布在新河兩岸子孫骨肉環坐守之仰天號慟屍骨暴露並無所歸其甚貧（一作貧甚）者用火燒焚向空撒棄其莊宅屋宇累世安居旦夕毀拆全家露坐寃痛之聲聞於遠近方此春月朝廷務行仁政之時橫屍暴骨殃及幽明可爲惻傷可爲驚駭兼體問得所開新河有害無利其萬

勝斗門及陽武橋斗門兩處減水盡入白溝河所以年年決溢今又别開新河亦入白溝是則三道減水盡聚一河將來決溢可知兼今所開新河深六尺至七尺白溝河只深四尺至五尺下源高仰水勢難行臣今欲乞權住夫役三兩日差朝臣一員計會都水監開封府各差官一員同行相度苟如臣所說不虛未開三料乞更不開掘御移夫役修整舊河其元獻利見開河之人本爲自圖功賞及從初檢計壕寨官吏蒙昧朝廷不言有墳墓宅舍桑棗在所開地内情理難恕欲乞下開封府取勘（一作會）其獻利之人與壕

寨等並行決配官員悉與停廢所費少謝枯骨兼慰生人今取進止

乞罷上元放燈劄子 嘉祐四年

臣伏以三元放燈不出典禮蓋因前世習俗所傳陛下二字一作皆以俯徇衆心欲同民樂勉出臨幸非爲嬉游若乃時歲豐和一作時豐歲和人物康富以爲樂事亦是人情今自立春以來陰寒雨雪小民失業坊市寂寥寒凍之人死損不少薪炭食物其價增倍民憂凍餓何暇遨遊臣本府日閱公事内有投井投河不死之人皆稱因爲貧寒自求死所今日有一婦人凍死其夫

尋亦自縊竊惟里巷之中失所之人何可勝數昨日聖恩差官俵錢正爲如此日下陰雪未解假使便得晴明坊市不免泥淖聖駕所歷衝冒風寒況方以日蝕之災一（一無字）避殿減膳聖心憂畏中外所知欲乞特罷放燈所有常年酺獻之禮若至日未得晴明（一作和）亦乞差大臣攝事所是見今供擬遊幸及修道路寒凍兵士並乞放罷庶幾上副陛下畏天憂民之心今取進止

論包拯除三司使上書（嘉祐四年三月）

臣聞治天下者在知用人之（一作在用人知）先後而已用人

之法各有所宜軍軍旅之士先材能朝廷之士先名節軍旅主成功惟恐其不趨賞而爭利其先材能而後名節者亦勢使之然也朝廷主教化風俗之薄厚治道之汙隆在乎用人而教化之於下也不能家至而諄諄諭之故常務尊名節之士以風動天下而聳勵其媮薄夫所謂名節之士者知廉耻脩禮讓不利於苟得不牽於苟隨而惟義之所處白刃之威有所不避折枝之易有所不爲而惟義之所守其立於朝廷進退舉止皆可以爲天下法也其人至難得也至可重也故其（一無二字）爲士者常（一作當下同）貴名節以自（一無此字）

重其身而君人者亦常全名節以養成善士伏見陛下近除前御史中丞包拯爲三司使命下之日中外一作外議喧然以謂朝廷貪拯之材而不爲拯惜名節然猶冀拯能執節守義堅讓以避嫌疑而爲朝廷惜事體數日之間遽聞拯已受命是可惜也亦可嗟也拯性好剛天姿峭直然素少學問朝廷事體或有不思至如逐其人而代其位雖初無是心然見得不能思義此皆不足恠若乃嫌疑之迹常人皆知可避而拯豈獨不思哉昨聞拯在臺日常自至中書詬責宰相指陳前三司使張方平過失怒宰相不早罷之既而

臺中寮屬相繼論列方平由此罷去而以宋祁代之又聞拯亦曾彈奏宋祁過失自其命出臺中寮屬又交章力言而祁亦因此而罷而拯遂代其任此所謂蹊田奪牛豈得無過而整冠納履當避可疑者也如拯材能資望雖別加進用人豈爲嫌（一作間言）其不可爲者惟三司使爾非惟自涉嫌疑其於朝廷所損不細臣請原其本末而言之國家自數十年來士君子務以恭謹靜慎爲賢及其弊也循默苟且頹（一作媮）惰寬弛習成風俗不以爲非至於百職不修紀綱廢壞時方無事固未覺其害也一旦黠虜犯邊兵出無功而

財用空虛，公私困弊，盜賊並起，天下騷然。陛下奮然（四字一作天子）感悟，思革其弊，進用三數大臣，銳意於更張矣。於此之時，始增置諫官之員，以寵用言事之臣，俾之舉職。由是修紀綱而絕廢壞，遂欲分別賢不肖，進退材不材，而久弊之俗驟見而駭，因共指言事者而非之，或以謂好許陰私，或以爲公相傾陷，或謂沽激名譽，或謂自圖進取，羣言百端，幾惑上聽。上賴陛下至聖（一無一字）至明，察見諸臣本以（一無此字）忘身徇國，非爲己利，讒間不入，遂荷保全，而中外之人久而亦漸爲信。自是以來，二十年間，臺諫之選屢得讜言之士，中間斥去姦邪屏絶權倖洽遺救失不可勝數是則納諫之善臣一作從古所難自陛下臨御以來實爲盛德於朝廷補助之效不爲無功今中外習安上下已信纖邪之人凡所舉動每畏言事之臣時政無巨細亦惟言事官是聽原其自始開發言路至於今日之成效豈易致哉可不惜哉夫言人之過似於一無此字下同激訐逐人之位似於傾陷而言事之臣得以自明者惟無所利於其間爾而天下之人所以爲信者亦以其無所利焉今拯併逐二臣自居其位使將來姦倖者者字一作之人得以爲説而惑亂主聽今後言事者不爲人

信而無以自明，是則聖明（一作朝）用諫之功一旦由極而壞。夫有所不取之謂廉，有所不爲之謂耻。近臣舉動，人所儀法，使極於此時有所不取而不爲，可以風天下以廉耻之節；而極取其所不宜取，爲其所不宜爲，豈惟自薄其身，亦所以開誘他時言事之臣傾人以覬得，相習而成風，此之爲患，豈謂小哉！然極所恃者，惟以本無（一作無本）心耳。夫心者藏於中，而人所不見；迹者示於外，而天下所瞻。今極欲自信其不見之心，而外掩天下之迹，是猶手探其物，口云不欲，雖欲自信，人誰信之？此臣所謂嫌疑之不可不避也。況如極者少有孝行聞於鄉里晚有直節著在朝廷但其學問不深思慮不熟而處之乖當其人亦可惜也伏望陛下别選材臣爲三司使而處拯他職置之京師使拯得避嫌疑之迹以解天下之惑而全拯之名節不勝幸甚臣叨塵特從職號論思昔嘗親見朝廷致諫之初甚難今又復見陛下用諫之效已著實不欲因拯而壞之者爲朝廷惜也臣言狂計愚伏俟誅戮

奏議卷第十五

翰苑

乞與尹搆一官狀嘉祐四年

右臣等伏見故起居舍人直龍圖閣尹洙文學議論爲當世所稱忠義剛正有古人之節初蒙朝廷擢在館閣而能不畏權臣力排衆黨以論范仲淹事遂坐貶黜其後元昊僭叛用兵一方當國家有西顧之憂思得材謀之臣以濟多事而洙自初出師至於元昊納欵始終常在兵間比一時之人最爲宣力而群邪醜正誣搆百端卒陷罪辜流竄以死緇蒙陛下仁聖

恩憐哀其寃枉特賜請雪俾復官資足以感動群心勸勵忠義今洙孫幼並在西京家道屢空衣食不給洙止一男搆年方十餘歲惸然無依實可嗟惻伏見將來祫享大禮在近群臣皆得奏蔭子孫伏望聖慈録洙遺忠憫洙不幸特賜其子一官庶霑寸禄以免飢寒則天地之仁幽顯蒙德臣等忝列侍從愧無獻納苟有所見不敢不言謹具狀奏聞伏候勑旨

舉丁寶臣狀 同前

右臣竊見太常丞湖州監酒務一作稅丁寶臣前任知端州日因遭儂智高事停官叙理監當方智高攻劫

嶺南州縣例以素無備禦官吏各至棄逃如無（一作閒）當時獨寶臣曾捉得智高探事人便行斬決及曾鬬敵朝廷以其如此故他人皆奪兩官獨寶臣只奪一官以此見其比衆人情理之輕臣伏見寶臣履行清純頗有官業惟海賊遽至力屈致敗出於不幸今者伏遇袷享恩赦欲望聖慈特與不候監當滿任牽復官資就移一親民差遣如後犯入己贓臣甘當同罪謹具奏聞伏候勅旨

乞免舉臺官劄子嘉祐四年

臣近準勅爲見闕臺官下學士院令臣與孫抃等同

共保舉兩人聞奏者伏以學士之職置自有唐初以文辭供奉人主其後漸見親信至於朝廷機密及大除拜每被詢訪皆與參決當時居是職者選擇既精信任亦重下至五代莫不皆然國朝遵用唐制尤重其任自比年以來選用之際時容繆濫職以人廢官以人輕往時臺官闕人只命學士一員獨舉今乃令三人共舉若以爲俱可信則一員足以公舉若以爲俱不可信則雖衆舉亦豈爲得人若以爲有可信有不可信者則自宜捨不可信者專委可信者其不可信者既不稱職罷黜之可也以臣思之朝廷所以遽

改舊制而學士不足取信皆由用非其人如臣是也今在院學士三員孫抃胡宿各曾獨舉臺官朝廷嘗所取信惟臣未曾舉人伏念臣材識庸暗不能知人使臣隨衆署名則臣實爲耻欲三人所見皆一則理必不能欲望聖慈免臣共舉却依舊制只命學士一員專舉況孫抃胡宿嘗曾舉官可以不疑如以臣爲不可獨任乞候將來續有臺官員闕更不差臣專舉非敢避事直以任非其才不足取信致煩朝廷改更舊制以此不敢不言今取進止

論許懷德狀 嘉祐五年

右臣今月初四日當直準内降許懷德讓恩命表一
道撰批答臣勘會昨來許懷德祫享加恩自合兩表
陳讓只曾授進一表批答後更不曾進第二表稽停
至今四十餘日制書留在閤門既不受命又不陳讓
直至今來移鎮方於讓表内因帶引叙前來祫享加
恩乞併寢二命蓋懷德以祫享例加恩命爲輕所以
更無表讓却於今來表内因帶叙陳其前來恩制久
已稽留不讓不受顯是輕侮朝廷違慢君命閤門無
所申舉臺司風憲亦無彈糾況懷德身是將臣職典
禁衛敢此違廢國家典制罪大不恭其批答臣未敢

撰辭乞下所司勘劾懷德正以典刑庶肅朝綱以戒不恪謹具狀奏聞伏候勑旨

再論許懷德狀 同前

臣竊以謂治天下在明號令正朝廷在修紀綱號令所行紀綱所振由人主有賞罰之柄也若號令出而不從紀綱弛而不整又不以賞罰臨之而欲正朝廷治天下臣不知其可也今者陛下親祀宗廟不敢獨受其福推恩群臣徧及中外此聖德之至深厚也而臣下輒敢有所輕重以謂例恩泛及視以爲輕而慢之原其情理其可恕乎方祫享始畢恩典推行命出

之日宰相押班百官在列宣揚制誥布告天下而將臣偃蹇不肯受命稽停制書四十餘日有司無所申舉恬然不以爲怪是陛下號令不能行於朝廷而紀綱弛壞於武士凡士之知治體者皆爲陛下惜也臣謂方今國家全盛天下無虞非有彊臣悍將難制之患而握兵之帥輒敢如此不畏朝廷者蓋由從前不惜事體因循寬弛有以馴致也今若又不正其罪罰而公爲縱弛則恐朝廷失刑自此而始武臣驕慢亦自此而始號令不行於下紀綱遂壞於上亦自此而始夫古人所謂見於未萌者智之明也若事有萌而

能杜其漸者又其次也若見其漸而興之浸成後患者深可戒也臣前日爲許懷德事曾有奏論略陳大槩蓋以方今賞罰之行只據簿書法令以從事而罕思治體況如懷德在法非輕於事體又重故臣復罄愚瞽伏乞聖慈裁擇而行之

論茶法奏狀嘉祐五年

右臣伏見朝廷近改茶法本欲救其弊失而爲國誤計者不能深思遠慮究其本末惟知圖利而不圖其害方一二大臣鋭於改作之時樂其合意倉卒輕信遂決而行之令下之日猶恐天下有以爲非者遂直

詆好言之士指爲立異之人峻設刑名禁其論議事既施行而人知其不便者十蓋八九然君子知時方厭言而意殆一無二字不肯言小人畏法懼罪而不敢言令行之踰年公私不便爲害既多而一二大臣以前者行之太果令之太峻勢既難回不能遽改而士大夫能知其事者但騰口於道路而未敢顯言於朝廷幽遠之民日被其患者徒怨嗟於閭里而無由得聞于天聽陛下聰明仁聖開廣言路從前容納補益尤多今一旦下令改事先爲峻法禁絕人言中外聞之莫不嗟駭語曰防民之口甚於防川川壅而潰傷人

必多今壅民之口已踰年矣民之被害（一作患）者亦已衆矣古不虛語於今見焉臣亦聞方（一作初）改法之時商議已定猶選差官數人分出諸路訪求利害然則一二（一作二三）大臣不惟初無害民之意實亦未有自信之心但所遣（一作使）之人既（一無此字）見朝廷必欲更改不敢沮議又志在希合以求功賞傳聞所至州縣不容（一作用）吏民有所陳述直云朝廷意在必行但來（一無此字）要一審狀爾果如所傳則誤事者在此數人而已（一無二字）蓋初以輕信於人施行太果今若明見其害救失何遲患莫大於遂非過莫深乎不改臣於茶法本不

詳知但外論旣喧聞聽漸熟古之爲國者庶人得謗於道商旅得議於市而士得傳言於朝正爲此也臣竊聞議者謂茶之新法旣行而民無私販之罪歲省刑人甚多此一利也然而爲害者五焉江南荆湖兩浙數路之民舊納茶稅今變租錢使民破產亡家怨嗟愁苦不可堪忍或舉族而逃或自經而死此其爲害一也自新法旣用小商所販至少大商絕不通行前世爲法以抑豪商不使過侵國利與爲僭侈而已至於通流貨財雖三代至治猶分四民以相利養今乃斷絕商旅此其爲害二也自新法之行稅茶路分

猶有舊茶之稅而新茶之稅絶少年歲之間舊茶稅盡新稅不登則頓虧國用此其爲害三也往時官茶容民入雜故茶多而賤徧行天下今民自買賣須要真茶真茶不多其價遂貴小商不能多販又不暇遠行故近茶之處頓食貴茶遠茶之方向去更無茶食此其爲害四也近年河北軍糧用見錢之法民入米於州縣以鈔筭茶於京師三司爲於諸場務中擇近上場分特留八處專應副河北入米之人飜鈔筭請今場務盡廢然猶有舊茶可筭所以河北和糴日下未妨竊聞自明年以後舊茶當盡無可筭請則河北

和糴實要見錢，不惟客旅得錢變轉不動，兼亦自京師歲歲輦錢於河北和糴，理必不能。此其爲害五也。一利不足以補五害，今雖欲減放租錢以救其弊，此得寬民之一端爾，然未盡公私之利害也。伏望聖慈特詔主議之臣，不護前失，深思今害，黜其遂非之心，無襲弭謗之迹，除去前令，許人獻説，亟加詳定，精求其當，庶幾不失祖宗之舊制。臣冐禁有言，伏待罪責。謹具狀奏聞，伏候勑旨。李燾長編說五害處上是節文，仍改變轉不動一句爲艱於務用。

論監牧劄子 嘉祐五年

臣所領羣牧司近準宣差吴中復王安石王陶等同共相度監牧利害事竊以國馬之制置自祖宗歲月既深官司失守積習成弊匪止一時前後因循重於改作今者幸蒙朝廷因言事之官有所陳述選差臣寮相度更改臣以謂監牧之設法制具存條目既繁弊病亦衆若秖坐案文籍就加增損恐不足以深革弊源如欲大爲更張剏立制度則凡於利害難以遥度必須目見心曉熟於其事然後可以審詳裁制果決不疑蓋謀於始也不精則行於後也難久况此是臣本職豈敢辭勞欲乞權暫差臣仍於吴中復等三

人内吏差一人與臣同詣左右廂監牧地頭躬親按視至於土地廣狹水草善惡歲時孳牧吏卒勤惰以至牝牡種類各隨所宜棚井温涼亦有便否嚮何以致馬之耗減今何以得馬之蕃滋既詳究其根源兼旁采於衆議如此不三數月間可以周遍然後更將前後臣寮起請與衆官參詳審處與其坐而遥度倉卒改更其爲得失不可同日而論也臣又竊思今之馬政（一有者字）皆因唐制而今馬多少與唐不同者其利病甚多不可悉（一作槩）舉至於唐世牧地皆與馬性相宜西起隴右金城平涼天水外暨河曲之野内則岐

函涇寧東接銀夏又東至於樓煩皆（一作此）唐養馬之地也以今考之或陷没夷狄或已爲民田皆不可復得惟聞今（一作惟今之）河東（一有路字）嵐石之間山荒甚多及汾河之側草地亦廣其間草軟水甘最宜牧養往時河東軍馬常在此處牧放今馬數全少闕地極多此乃唐樓煩監地也可以興置一監臣以謂推迹而求之則天池元池三監之地尚冀可得又臣往年因奉使河東嘗行威勝以東及遼州平定軍見其不耕之地甚多而河東一路山川深峻水草甚佳其地高寒必宜馬性及京西唐汝之間久荒之地其數甚廣欲

乞更下河東京西轉運司差官就近於轄下訪求草地有可以興置監牧處如稍見次第即乞朝廷差官與羣牧司官員同共往彼踏行擘畫若可以興置新監則河北諸監内有地不宜馬處却可議行廢罷惟估馬一司利害最爲易見若國家廣捐金帛則券馬利厚來者必多於其多中時得好馬若有司惜費則蕃部利薄馬來漸少兼亦好馬不來然而招誘之方事非一體亦須知其委曲欲乞特差羣牧司或禮賓院官一員直至秦州以來體問蕃部券馬利害凡此三者雖暫差官比及吴中復等檢閲本司文字講求

商議未就之間已各來復可以參酌相度庶不倉卒輕為改更如允臣所請乞賜施行今取進止一作國馬之制置自祖宗歲月既深官失其守積習成弊詭止一時伏覩詔書命奎等商度利害將有更革臣以謂監牧之設法制具存條目既繁其弊亦衆若止坐案文籍就加增損恐不足以深革弊源如欲大為更張朔立制度則凡於利害難以遙度蓋謀於始也不精則行於後也難久請詔相度官一人同臣躬按左右廂監牧凡土地廣狹水草善惡歲時孳牧吏卒勤惰以至牝牡種類各隨所宜棚井溫涼亦有便否嚮何以致馬之耗減今何以得馬之蕃滋詳究根源旁采衆議然後以比日臣寮奏請參詳審處與其坐而遙度倉卒改更其為得失不可同日而論也臣又竊思今之馬政皆因唐制而今馬多少與唐不同者其利病甚多不可槩舉至於唐世牧地皆與馬性相宜西起隴右金城平涼天水外暨河曲之野內則岐豳涇寧東接銀夏又東至於樓煩此唐養馬之地也以今考之或陷沒奚狄或已為民田皆不可復得惟聞今河東

路嵐石之間山荒甚多及汾河之側草地亦廣其間草軟水甘最宜養牧此乃唐樓煩監地也可以興置一監臣以謂推迹而求之則樓煩元池天池三監之地尚冀可得又臣往年奉使河東嘗行威勝以東及遼州平定軍見其不耕之地甚多而河東一路山川深峻水草甚佳其地高寒必宜馬性及京西一路唐汝之間久荒之地其數甚廣請下河東京西轉運司遣官訪草地有可以興置監牧則河北諸監有地不宜馬可行廢罷至於估馬一司利害易見若國家廣捐金帛則券馬利厚來者必多若有司惜費則蕃部利薄馬來寖少然而招誘之方事非一體請遣群牧司或禮賓院官一人至邊訪蕃部券馬利害以此三者參酌商議庶不倉卒輕爲改更

以上乃通鑑長編所載與集本頗異

舉章望之曾鞏王回等充館職狀 同前

右臣猥以庸虛過蒙獎任竊惟古人報國之效無先薦賢雖知人之難愧於不廣而高材實行亦莫多得

苟有所見其敢默然臣竊見秘書省校書郎章望之學問通博文辭敏麗不急仕進行義自修東南士子以爲師範太平州司法參軍曾鞏自爲進士已有時名其所爲文章流布遠邇志節高爽自守不回前亳州衛真縣主簿王回學行純固論議精明尤通史傳姓氏之書可備顧問此三人者皆一時之秀宜被朝廷樂育之仁而或廢處江湖或沉淪州縣不獲聞達議者惜之其章望之曾鞏王回臣今保舉堪充館閣職任欲望聖慈特賜甄擢如後不如舉狀臣甘當同罪謹具狀奏聞伏候勅旨

舉蘇軾應制科狀 嘉祐五年

右臣伏以國家開設科目以待雋賢又詔兩省之臣舉其所知各以聞達所以廣得人之路副仄席之求臣雖庸暗其敢不勉臣伏見新授河南府福昌縣主簿蘇軾學問通博資識明敏一作姿識敏明文采爛然論議蠭出其行業脩飭名聲甚遠臣今保舉堪應材識兼茂明於體用科欲望聖慈召付有司試其所對如有繆舉臣甘伏朝典謹具狀奏聞伏候勅旨

免進五代史狀 同前

右臣準中書劄子爲知制誥范鎮等奏乞取臣五代

文草付唐書局繕寫上進事伏念臣本以孫拙初無他能少急養親遂學干禄勉作舉業以應所司自忝竊於科名不忍忘其素習時有妄作皆應用文字至於筆削舊史褒貶前世著爲成法臣豈敢當往者曾任夷陵縣令及知滁州以負罪謫官閑僻無事因將五代史試加補緝而外方難得文字檢閲所以銓次未成昨自還朝便蒙差在唐書局因之無暇更及私書是致全然未成次第欲候得外任差遣庶因公事之暇漸次整緝成書仍復精加考定方敢投進冀於文治之朝不爲多士所誚謹具狀奏聞伏候勅旨

論刪去九經正義中讖緯劄子

臣伏見國家近年以來更定貢舉之科以爲取士之法建立學校而勸養士之方然士子文章未純節行未篤不稱朝廷勵賢興善之意所以化民成俗之風

臣愚以謂士之所本在乎六經而自暴秦焚書聖道中絶漢興收拾亡逸所存無幾或殘編斷簡出於屋壁而餘齡昏眊得其口傳去聖既遠莫可考證偏學異説因自名家然而授受相傳尚有師法暨晉宋而下師道漸亡章句之篇家藏私畜其後各爲箋傳附著經文其說存亡以時好惡學者茫眛莫知所歸至

唐太宗時始詔名儒撰定九經之疏號爲正義凡數百篇自爾以來著爲定論凡不本正義者謂之異端則學者之宗師百世之取信也然其所載既博所擇不精多引讖緯之書以相雜亂怪奇詭僻所謂非聖之書異乎正義之名也臣欲乞特詔名儒學官悉取九經之疏删去讖緯之文使學者不爲恠異之言惑亂然後經義純一無所駮雜其用功至少其爲益則多臣愚以謂欲使士子學古勵行而不本六經欲學六經而不去其詭異駮雜欲望功化之成不可得也伏望聖慈下臣之言付外詳議今取進止

議學狀（一有「新」字）　嘉祐元年

右臣等伏見近日言事之臣爲陛下言建學取士之法者衆矣，或欲立三舍以養生徒，或欲復五經而置博士，或欲但舉舊制而修廢墜，或欲特創新學而立科條。其言雖殊，其意則一。陛下慎重其事，下其議於群臣，而議者遂欲創新學，立三舍，因以辨士之能否而命之以官。其始也，則教以經藝文辭；其終也，則取以材識德行。聽其言則甚備，考於事則難行。夫建學校以養賢，論材德而取士，此皆有國之本務，而帝王之極致也。而臣等謂之難行者何哉？蓋以古今之體

不同而施設之方皆異也古之建學取士之制非如
今之法也蓋古之所謂爲政與設教者遲速異宜也
夫立時日以趨事考其功過而督以賞罰者爲政之
法也故政可速成若夫設教則以勸善興化尚賢勵
俗爲事其被於人者漸則入於人也深收其效者遲
則推其功也遠故常緩而不迫古者家有塾黨有庠
遂有序國有學自天子諸侯之子下至國之俊選莫
不入學自成童而學至年四十而仕其習乎禮樂之
容講乎仁義之訓敦乎孝悌之行以養父兄事長上
信朋友而臨財廉處衆讓其修於身行於家達于隣

里閭于鄉黨，然後詢於衆庶，又定於長老之可信者而薦之，始謂之秀士；久之又取其甚秀者爲選士，久之又取其甚秀者爲俊士，久之又取其甚秀者爲進士，然後辨其論，隨其材而官之。夫生七八十歲而死者，人之常壽也，古乃以四十而仕，蓋用其半生爲學考行，又廣察以隣里鄉黨，而後其人可知。然則積德累善如此勤而久，求賢審官如此慎而有次第，然後矯僞干利之士不容於其間，而風俗不陷於媮薄也。古之建學取士，其施設之方如此也。方今之制，以貢舉取人，往者四歲一詔貢舉，而議者患於太遲，更趣之爲閭歲而應舉之士來學於京師者類皆去其鄉里遠其父母妻子而爲旦暮干禄之計非如古人自成童至于四十就學於其庠序而鄰里鄉黨得以衆察徐考其行實也蓋古之養士本於舒遲而今之取人患於急迫此施設不同之大槩也臣請詳言方今之弊既以文學取士又欲以德行官人且速取之歟則真僞之情未辨是朝廷本欲以學勸人脩德行（一有而字）反以利誘人爲矯僞此其不可一也若遲取之歟待其衆察徐考而漸進則文辭之士先已中於甲科而德行之人尚未登於内舍此其不可二也且今入

學之人皆四方之游士齎其一身而來烏合群處非如古人在家在學自少至長親戚朋友隣里鄉黨衆察徐考其行實也不過取於同舍一時之毁譽而决於學官數人之品藻儞然則同學之人蹈利爭進愛憎之論必分朋黨昔東漢之俗尚名節而黨人之禍及天下其始起於處士之横議而相訾也此其不可三也夫人之材行若不因臨事而見則守常循理無異衆人苟欲異衆則必爲迂僻奇恠以取德行之名而高談虚論以求材識之譽前日慶曆之學其弊是也此其不可四也今若外方專以文學貢士而京師

獨以德行取人，則實行素履著於鄉曲而守道丘園之士皆反見遺，此其不可五也。近者朝廷患四方之士寓（一有籍字）京師者多而不知其士行，遂嚴其法，使各歸於鄉里，今又反使來聚於京師，云欲考其德行；若不用四方之士（一作人），止取京師之士，則又示人以不廣，此其不可六也。夫儒者所謂能通古今者，在知其意、達其理，而酌時之宜爾。大抵古者教學之意，緩而不迫，所以勸善興化、養賢勵俗，在於遲久，而不求近効急功也。臣謂宜於今而可行者，立爲三舍可也，復五經博士可也。特創新學，雖不若即舊而脩廢，然未有甚害剗之亦可也教學之意在乎敦本（一作在於敦本教學之意）而修其實事給以糇糧多陳經籍選士之良者以通經有道之士爲之師而舉（一作謹）察其有過無行者黜去之則在學之人皆善士也然後取以貢舉之法待其居官爲吏已接於人事可以考其賢善優劣而時取其尤出類者旌異之則士知修身力行（一作士修其行）非爲一時之利而可伸於終身則矯僞之行不作而媮薄之風歸厚矣此所謂實事之可行於今者也臣等伏見論學者四人其說各異而朝廷又下臣等俾之詳定是欲盡衆人之見而採其長者爾故臣等敢

陳其所有以助衆議之一非敢好爲異論也伏望聖

慈特賜裁擇

奏議卷第十六

議學狀　賢善　善字疑

此卷蔫蘇軾應制科云行業脩飾案說文以修爲飾以脩爲脯篇韻脩兼訓長故公字永叔今文集多以修爲脩不敢輕改者蓋當時集古録千卷皆有公之名印視其篆文乃從攸從彡未嘗從月而

漢武帝策董仲舒亦云何脩何飾古字簡少殆可通用公亦嘗全用此句非如後人之拘也

監牧考異　仁宗實録嘉祐四年公以翰林學士兼群牧使明年七月言者謂馬政不舉當有更革壬子命吴奎吴中復王安石王陶同相度利害八月奎等乞以監牧市馬就委陝西漕臣薛向措置而不及公之姓名考公奏劄云臣所領群牧司準宣差中復安石陶等同共相度利害又明年公入

樞府復奏云昨差中復等與臣共議並不及壬子
命奎之旨公以兼職固當與三人同議無待降旨
然何爲獨不及奎今李燾長編載奎等請如公奏
而實録有奎奏無公奏長編雖有公奏而比集中
所載更改至四百餘字其間有云伏覩詔書命奎
等商度利害而集本元無此語姑以長編所改附
注其下當考

奏議卷第十七

樞府

論均稅劄子 嘉佑五年

臣爲諫官時嘗首言均稅事乞差郭諮孫琳蒙朝廷依臣所言起自蔡州一縣以方田法均稅事方施行而議者多言不便尋即罷之近者伏見朝廷特置均稅一司差官分往河北陝西均稅始聞河北傳言人户虚驚所伐桑棗尚不爲信次見陝西州郡有上言歲儉民饑乞罷均稅有稍已疑此一事果爲難行而朝廷之意決在必行言者遂不能入近者又見河北

人户凡千百人聚訴於三司然則道路傳言與州郡上言雖爲不足信其如聚集千人於京師此事不可掩蔽則民情可知矣蓋均稅非以規利而本以便民如此民果便乎竊知朝廷本只（一作則）以見在稅數量輕重均之初不令其別生額外之數也近聞衛州通利軍括出民冒佃田土不於見在管催數内均減重者攤與冒佃户却別（一無此字）生立稅數配之此非朝廷本（一作之）意而民所以喧訴也又聞澶州諸縣（一有於字）見今實額管催數外將帳頭自來樁坐有名無納及（一有失字）開閣將行（一無二字）兩項遠年稅數並係祥符景德已

前以至五代長興年椿管虛數並攤與見今人户又聞以地肥瘠定爲四等其下等田有白鹻帶鹹地并鹹鹵沙薄可殖地死沙不可（一無此字）殖地並一例均攤與稅數謂此雖不可耕種尚可煎鹽且河北之民自祖宗以來蒙賜恩卹放行鹽不（一無此字）禁只令據鹽斤兩納稅今煎鹽者已納鹽稅又令更納田稅豈祖宗所以惠河北之民意又聞河南不殖之地係禁鹽地分者亦均攤與稅又不知使（一無此字）民何以納也澶衛去京師近偶可聞知者如此其餘遠方（一作地）謂所均稅悉便於民其可得乎以此見朝廷行事至難小人

希意承旨者言利而不言害，俗吏貪功希賞，見小利忘大害，爲國斂怨於民。朝廷不知則已，苟已知之，其可不爲救其失哉？欲望聖慈特賜指揮，令均税所只如朝廷本議，將實催見在税數量輕重均之。其餘生立税數及遠年虚數，卻與放免。及未均地分並且罷均，且均税一事，本是臣先建言，聞今事有不便，臣固不敢緘默，今取進止。

乞差檢討官校國史劄子 嘉祐六年

臣前爲學士日兼充史館脩撰，竊見本院國史自進本入内後，官守空司。因具奏陳，乞降付院收藏，以備檢討尋準朝旨於龍圖閣寫本關送本院令修撰官躬親對讀修改其國史尋已寫了竊緣本院元有修撰官三員後來孫抃及臣相次别蒙差任今止有胡宿一員其未經對讀一有國史二字卷數尚多竊慮寫下多日闕官校對久不了當漸至因循欲乞添差檢討官三兩員同共對讀早令了當況檢討官檢閱本朝故事亦是本職仍乞不令漏泄今取進止

論牧馬草地劄子 嘉祐六年

臣爲學士日兼充群牧使朝廷以馬政久弊差吴中復等與臣共議利害欲有改一有更字爲未見得牧地善

惡多少難爲廢置欲乞差官先且打量牧馬草地次臣遠蒙恩擢在樞府所有牧馬利害商量未了事件臣有愚見方欲條陳今聞諸監所差官各將前去竊緣監牧帳舊管（一作管舊）地甚多自來界至不明官私作弊積久爲民間侵占耕種年歲已深昨已曾差高訦等根括打量人户多稱父祖世業失却契書無憑照驗但追呼搔擾而已今若更行根究必亦難明徒爲追擾未見其利民先被害臣今欲乞令差去官只據見在草地逐段先打量的實頃畝明立封標界至因便相度其地肥瘠宜與不宜牧馬其廢置改更候逐

官四日令相度牧馬所據利害擘畫申奏其已爲民間侵耕地土更不根究蓋以本議欲以見在牧地給與民耕豈可却根究已耕之地重爲搔擾至於民間養馬等事利害甚多臣當續具奏聞其不根究侵耕地土一事伏乞先賜指揮今取進止

論臺諫官唐介等宜早牽復劄子 嘉祐六年

臣材識庸暗碌碌於衆人中蒙陛下不次拔擢置在樞府其於報效自宜如何而自居職以來已逾半歲凡事關大體必須衆議之協同其餘日逐進呈皆是有司之常務至於謀猷啓沃蔑爾無聞上辜聖恩下

意初聞若可惡者此忠臣之言也言婉而順希旨合意初聞若可喜者邪臣之言也至於言事之官各舉其職或當朝正色顯言于廷或連章列署共論其事言一出則萬口爭傳衆目共視雖欲爲私其勢不可故凡明言于外不畏人知者皆公言也若非其言職又不敢顯言或密奏乞留中或面言乞出自聖斷不欲人知言有主名者蓋其言涉傾邪懼遭彈劾故凡陰有奏（一有陳字）而畏人知者皆挾私之說也自古人主能以此術知臣下之情則聽言易也伏惟陛下仁聖寬慈躬履勤儉樂聞諫諍容納直言其於大臣尤所

優禮常欲保全終始思與臣下愛惜名節尤慎重於進退故臣謂方今言事者規切人主則易欲言大臣則難臣自立朝耳目所記景祐中范仲淹言宰相呂夷簡貶知饒州皇祐中唐介言宰相文彥博貶春州别駕至和初吳中復呂景初馬遵言宰相梁適並罷職出外其後趙抃范師道言宰相劉沆亦罷職出外前年韓絳言富弼貶知蔡州今又唐介等五人言陳旭得罪自范仲淹貶饒州後至今凡二十年間居臺諫者多矣未聞有規諫人主而得罪者臣故謂方今諫人主則易言大臣則難陛下若推此以察介等所

言則可知其用心矣昨所罷黜臺諫五人惟是從（二字一作呂）誨（一有新進二字）入臺未久其他四人出處本末迹狀甚明可以歷數也唐介前因言文彥博遠竄廣西煙瘴之地賴陛下仁恕哀憐移置湖南得存性命范師道趙抃並因言忤劉沆罷臺職守外郡連延數年然後（一有朱字）復令三人者又以言樞臣罷黜然則介不以前蹈必死之地爲懼師道與抃不以中滯進用數年爲戒遇事必言得罪不悔蓋所謂進退一節終始不變之士也至如王陶者本出孤寒只因韓絳薦舉始得臺官及絳爲中丞陶不敢內顧私恩與之爭議絳

終得罪夫牽顧私恩人之常情爾斷恩以義非知義之士不能也以此言之陶可謂徇公滅私之臣矣此四人者出處本末之迹如此可以知其爲人也就使言雖不中亦其情必無他議者或謂言事之臣好相朋黨動搖大臣以作威勢臣竊以謂不然至於去歲一無十一字韓絳言富弼之時介與師道不與絳爲黨乃與諸臺諫共論絳爲非然則非相朋黨非欲動搖大臣可明矣臣固謂未可以此疑言事之臣也況介等此者雖爲謫官幸蒙陛下寬恩各得爲郡未至失所其可惜者斥逐諫臣非朝廷美事阻塞言路不爲國

家之利而介等盡忠守節未蒙憐察也欲望聖慈特賜召還介等置之朝廷以勸守節敢言之士則天下幸甚今取進止

政府

舉劉攽吕惠卿充館職劄子 嘉祐六年

臣伏見前廬州觀察推官劉攽辭學優贍履行修一作清謹記問該博可以備朝廷詢訪前真州軍事推官吕惠卿材識明敏文藝優通好古飭躬可謂端雅之士並宜置之館閣以副聖朝養育賢材之選臣以庸繆參聞政論無能報國敢舉所知其劉攽吕惠卿欲

望聖慈俾充館閣之職如後不如舉狀臣甘同罪取

進止

論祠祭行事劄子 嘉祐八年

臣近準勅差祭神州地祇於北郊竊見有司行事不合典禮據開寶通禮當先引行事官於東壝門外道南北向立次引入壝門就壇東南位西向行事蓋即事有漸自外而入於禮爲宜今却先引行事官於壇下卯階之側北向立次引東行向外就行事位由内而外乖背禮文臣遂於本院檢詳蓋是往年撰祀儀之時誤此一節今據祀儀四時及三（一作土）王五帝上

辛祈穀春分祀九宫朝日高禖孟夏雩秋分夕月仲秋祀九宫貴神季秋大享明堂冬至祀昊天臘蜡夏至祀皇地祇及孟冬祭神州地祇凡一十七祭並係大祀一例錯誤並合改正依開寶通禮兼禮生贊唱生踈多不依禮文臣伏見朝廷近年新製祭祀器服修飭壇壝務極精嚴而有司失傳行事之際於禮繆誤伏乞下禮院詳定依開寶通禮改正祀儀及教習禮生使依典禮以上副聖朝精嚴祀事之意今取進止

論逐路取人劄子 治平元年

臣伏見近有臣寮上言乞將南省考試舉人各以路分糊名於逐路每十人解一人等事雖已奉聖旨送兩制詳定臣亦有愚見合具敷陳竊以國家取士之制比於前世最號至公蓋累聖留心講求曲盡以謂王者無外天下一家故不問東西南北之人盡聚諸路貢士混合爲一而惟材是擇又糊名謄錄而考之使主司莫知爲何方之人誰氏之子不得有所憎愛薄厚於其間故議者謂國家科場之制雖未復古法而便於今世其無情如造化至公如權衡祖宗以來不可易之制也傳曰無作聰明亂舊章又曰利不百

者不變法今言事之臣偶見一端即議更改此臣所區區欲爲陛下守祖宗之法也臣所謂偶見一端者蓋言事之人但見每次科場東南進士得多而西北進士得少故欲改法使多取西北進士爾殊不知天下至廣四方風俗異宜而人性各有利鈍東南之俗好文故進士多而經學少西北之人尚質故進士少而經學多所以科場取士東南多取進士西北多取經學者各因其材性（一無二字）所長而各隨其多少取之今以進士經學合而較之則其數均若必論進士則多少不等此臣所謂偏見之一端其不可者一也國

家方以官濫爲患取士數必難增若欲多取西北之人則却須多減東南之數今東南州軍進士取解者二三千人處只解二三十人是百人取一人蓋已痛裁抑之矣西北州軍取解至多處不過百人而所解至十餘人是十人取一人比之東南十倍假借之矣若至南省又減東南而增西北則（一無此字）是已裁抑者又裁抑之已假借者又假借之此其不可者二也東南之士於千人中解十人其初選已精矣故至南省所試合格者多西北之士學業不及東南當發解時又十倍優假之蓋其初選已濫矣故至南省所試不

合格者多。今若一例以十人取一人，則東南之人合格而落者多矣，西北之人不合格而得者多矣。至於他路，理不可齊，偶有一路合格人多，亦限以十一落之，偶有一路合格人少，亦須充足十一之數，使合落者得，合得者落，取捨顛倒，能否混淆，其不可者三也。且朝廷專以較藝取人，而使有藝者屈落，無藝者濫得，不問繆濫，只要諸路數停，此其不可者四也。且言事者本欲多取諸路土著之人，若此法一行，則寄應者爭趨而往，今開封府寄應之弊可驗矣，此所謂法出而姦生，其不可者五也。今廣南東西路進士例各絕無舉業諸州但據數解發其人亦自知無藝只來一就省試而歸冀作攝官爾朝廷以嶺外煙瘴北人不便須籍攝官亦許其如此今若一例與諸路一無二字十人取一人此為繆濫又非西北之比此其不可者六也凡此六者乃大槩爾若舊法一壞新議必行則弊濫隨生何可勝數故臣以謂且遵舊制但務擇人推朝廷至公待四方如一惟能是選人自無言此乃當今可行之法爾若謂士習浮華當先考行就如新議亦須只考程試安能必取行實之人議者又謂西北近虜士要牢籠此甚不然之論也使不逞之人不

能爲患則已苟可爲患則何方無之前世賊亂之臣起於東南者甚衆其大者如項羽蕭銑之徒是已至如黄巢王仙芝之輩又皆起亂中州者爾不逞之人豈專西北矧貢舉所設本待材賢（一作能）牢籠不逞當别有術不在科場也惟事久不能無弊有當留意者然不須更改法制止在振舉綱條爾近年以來舉人盛行懷挾排門大譟免冠突入虧損士風傷敗善類此由舉人既多而君子小人雜聚所司力不能制雖朝廷素有禁約條制甚嚴而上下因循不復申舉惟此一事爲科場大患而言事者獨不及之願下有司

議革其弊此當今科場之患也臣忝貳宰司預聞國論苟不能爲陛下守祖宗之法而言又不足取信於人主則厚顔尸禄豈敢偷安而久處乎故猶此彊言乞賜裁擇

乞奬用孫沔劄子 治平二年

臣伏見諒祚猖狂漸違誓約僭叛之迹彰露已多年歲之閒必爲邊患國家禦備之計先在擇人而自慶曆罷兵以來至今二十餘年當時經用舊人零落無幾惟尚書户部侍郎孫沔尚在西事時沔守環慶一路其人磊落有智勇但以未嘗出兵又不遇敵故未

有臨陣破賊之功，然其養練士卒，招撫蕃夷，恩信著於一方，至今邊人思之。雖世不乏材，朝廷方務推擇，若求曾經西事可用之人，則臣謂無如汚者。汚今年雖七十，聞其心力不衰，飛鷹走馬，尚如平日。況所用者取其智謀，藉其威信，前世老將彊起成功者多。汚雖中間曾以罪廢，棄瑕使過，正是用人之術。臣今欲乞朝廷更加察訪，如汚實未衰羸，伏望聖慈特賜獎用，庶於擇人一作材難得之時，可備一方之寄。取進止。

英宗實録所載乃節文，但於孫汚姓名之上添致仕二字，又國家樂備作朝廷樂備。

奏議卷第十七

論均稅劄子河北之民意疑是民之意

論遂路取人劄子臣所區區所字下脫以字

此卷凡言一作者乃善本而正文反可疑如論臺諫宜牽復劄子正文云從誨入臺未久一作以爲吕誨新進又正文先云前年韓絳言富弼後却以爲去歲故一作無後段十一字論祠祭行事劄子正文云四時及三王五帝一作以三王爲土王去聲之類皆當以一作爲正已刻板難盡易書示後人使知所擇焉

奏議卷第十八　　歐陽文忠公集一百十四

政府

言西邊事宜第一狀 治平二年

右臣伏見諒祚狂僭釁隙已多不越歲年一無此字必爲邊患臣本庸暗不達時機輒以外料敵情内量事勢鑒往年已驗之失思今日可用之謀雖兵不先言俟見形而應變然坐而制勝亦大計之可圖謹具條陳庶裨萬一臣所謂外料敵情者諒祚世有夏州自彝興克叡以前止於一鎮五州而已太宗皇帝時繼捧繼遷始爲邊患其後遂陷靈鹽盡有朔方之地盖自

淳化咸平用兵十五餘年既不能剪滅遂務招懷適會繼遷爲潘羅支所殺其子德明乃議歸欵而我惟以恩信復其王封歲時俸賜極於優厚德明既無南顧之憂而其子元昊亦壯遂併力西攻回紇拓地千餘里德明既死地大兵彊元昊遂復背叛國家自寶元慶曆以後一方用兵天下騷動國虚民弊如此數年元昊知我有厭兵之患遂復議和而國家待之恩禮又異於前矣號爲國主僅得其稱臣歲予之物百倍德明之時半於契丹之數今者諒祚雖曰狂童然而習見其家世所爲蓋繼遷之叛而復王封元昊再

叛而爲國主今若又叛其志可知是其欲自比契丹抗衡中國以爲鼎峙之勢爾此臣竊料敵情在於如一無此字此也夫所謂内量事勢者蓋以慶曆用兵之時視方今禦邊之備較彼我之虛實彊弱以見勝敗之形也自真宗皇帝一無二字景德二年盟北虜於澶淵明年始納西夏之款遂務休兵至寶元初元昊復叛蓋三十餘年矣天下安於無事武備廢而不修廟堂無謀臣邊鄙無勇將將愚不識干戈兵驕不識一作知戰陣器械朽腐城郭隳頽而元昊勇鷙桀黠之虜也其包畜姦謀欲窺中國者累年矣而我方恬然不以爲

慮待其謀成兵具一旦（一作日）反書來上然後茫然不知所措中外震駭舉動蒼惶所以用兵之初有敗而無勝也既而朝廷用韓琦范仲淹等付以西事極力經營而勇夫鋭將亦因戰陣稍稍而出數年之間人謀漸得武備漸修似可枝梧矣然而天下已困也（一無此字）所以屈意忍耻復與之和此慶曆之事爾今則不然方今甲兵雖未精利不若往年之腐朽也城壘粗嘗完緝不若往年之隳頹也士兵蕃落增添訓練不若往年寡弱之驕軍也大小將校曾經戰陣者往往尚在不若往年魏昭炳夏隨之徒綺紈子弟也一二

執政之臣皆當時宣力者其留心西事熟矣不若往時大臣茫然不知所措者也蓋往年以不知邊事之謀臣馭不識干戈之將用驕兵執朽器以當桀黠新興之虜此所以敗也方今謀臣武將城壁器械不類往年而諒祚狂童不及元昊遠甚往年忽而不思今又已先覺可以早爲之備苟其不叛則已若其果叛未必不爲中國利也臣謂可因此時雪前耻收後功但顧人謀如何爾若上憑陛下神威睿筭條纍諒祚君臣獻於廟社此其上也其次逐狂虜於黄河之北以復朔方故地最下盡取山界奪其險而我守之以

永絶邊患此臣竊一作内量事勢謂或如此臣所謂鑒往年已驗之失者其小失非一不可悉數臣請言其大者夫夷狄變詐兵交陣合彼佯敗以爲誘我貪利而追之或不虞横出而爲其所邀或進陷死地而困于束手此前日屢敗之戒今明習兵戰者亦能知之此雖小事也亦不可忽所謂大計之繆者攻守之策皆失爾臣視慶曆禦邊之備東起麟府西盡秦隴地長二千餘里分爲路者五而路分爲州軍者又二十有四而州軍分爲寨爲堡爲城者又幾二百皆須列兵而守之故吾兵雖衆不得不分所分既多不得不

寡而賊之出也常舉其國衆合聚爲一而來是吾兵雖多分而爲寡彼衆雖寡聚之爲多以彼之多擊吾之寡不得不敗也此城寨之法既不足自守矣而五路大將所謂戰（一無此字）兵者分在二十四州軍欲合而出則懼後空而無備欲各留守備而合其餘則數少不足以出攻此當時所以用兵累年終不能一出者以此也夫進不能出攻退不足（一作能）自守是謂攻守皆無策者往年已驗之失也臣所謂今日可用之謀者在定出攻之計爾必用先起制人之術乃可以取勝也蓋列兵分地而守敵得時出而撓於其間使我

山川道里蕃漢步騎出入之（一無此字）所宜可先知者悉圖上方略其餘不可先言付之將率使其見形應變因敵制勝至於諒祚之所爲宜少屈意含容而曲就之既以驕其心亦少緩其事以待吾之爲備而且嚴戒五路訓兵選將利器甲畜資糧常具軍行之計待其反書朝奏則王師暮出以駭其心而奪其氣使其枝梧不暇則勝勢在我矣往年議者亦欲招輯橫山蕃部謀取山界之地然臣謂必欲招之亦須先藉勝捷之威使（一有其字）知中國之彊則方肯來附也由是言之亦以出攻爲利矣凡臣之所言者大略如此爾（一無

此字

然臣足未嘗踐邊陲目未嘗識戰陣以一儒生偏見之言誠知未可必用直以方當陛下勞心西事廣詢衆議之時思竭愚慮備蒭蕘之一説爾

言西邊事宜第二劄子 同前

臣近曾上言諒祚爲邊患朝廷宜早圖禦備及乞遣一重臣親與邊將議定攻守大計等事至今多日未蒙降出施行臣竊見慶曆中元昊作過時朝廷輕敵翫寇無素定之謀每遇邊奏急來則上下惶恐倉卒指揮既多不中事機所以落賊姦便敗軍殺將可爲痛心今者諒祚以萬騎寇秦渭兩路焚燒數百里閒

掃蕩俱盡而兩路將帥不敢出一人一騎則國威固已挫矣諒祚負恩背德如此陛下未能發兵誅討但遣使者齎詔書賜之又拒而不納使者羞媿俛首懷詔而回則大國不勝其辱矣當陛下臨御之初遭此狂童威沮國辱此臣等之罪也臣謂陛下宜赫然發憤以邊事切責大臣至於山川形勢有利有不利士卒勇怯孰可用孰不可用何處宜攻何處宜守何兵宜屯某地何將可付某兵如此等事甚多皆陛下聖慮所宜及者臣謂陛下宜因閑時御便殿召當職之臣使按圖指畫各陳所見陛下可以不下席而盡在

目前然後制以神機睿略責將相以成功而陛下以萬機之繁既未及此兩府之臣如臣（一無二字）等日所進呈又皆常程公事亦未嘗聚首合謀講定大計外則四路邊臣自賊馬過後亦不聞別有擘畫臣恐上下因循又如慶曆之初矣近者韓琦曾將慶曆中議山界文字進呈此邊事百端中一端爾蓋琦亦患事未講求假此文字爲題目以牽合衆人之論爾自進呈後尋送密院至今多日亦未曾擬議臣以非才陛下任之政府便是國之謀臣若其謀慮淺近所言狂妄自可黜去不疑臣亦昨因目疾懇求解職曲蒙聖恩

未許其去既使在其位人棄其言而不問使臣尸祿厚顏何以自處所有臣前來所上奏狀欲望聖慈一無二字降付中書密院與韓琦山界文字一處商量若其言果不足取棄之未晚今取進止

乞補館職劄子 治平三年

臣竊以治天下者用人非止一端故取士不以一路若夫知錢穀曉刑獄熟民事精吏幹勤勞夙夜以辦集爲功者謂之材能之士明於仁義禮樂通於古今治亂其文章論議與之謀慮天下之事可以決疑定策論道經邦者謂之儒學之臣善用人者必使有材

者竭其力有識者竭其謀故以材能之士布列中外分治百職使各辦其事以儒學之臣置之左右與之日夕謀議講求其要而行之而又於儒學之中擇其尤者置之廊廟而付以大政使總治羣材衆職進退而賞罰之此用人之大略也由是言之儒學之士可謂貴矣豈在材臣之後也是以前世英主明君未有不以崇儒嚮學爲先而名臣賢輔出於儒學者十常八九也臣竊見方今取士之失患在先材能而後儒學貴吏事而賤文章自近年以來朝廷患百職不修務一作而奬材臣故錢穀刑獄之吏稍有寸長片善爲

人所稱者皆已擢用之矣。夫材能之士固當擢用，然專以材能爲急，而遂忽儒學爲不足用，使下有遺賢之嗟，上有乏材之患，此甚不可也。臣謂方今材能之士不患有遺，固不足上煩聖慮，惟儒學之臣難進而多棄滯，此不可不思也。臣以庸繆，過蒙任使，俾陪宰輔之後，然平日論議不能無異同，雖日奉天威，又不得從容曲盡拙訥。今臣有館閣取士愚見，具陳（一作列）如別奏（一作劄），欲望聖慈因宴間之餘，一迂睿覽，或有可采，乞常賜留（一有聖字）意。今取進止。

又論館閣取士劄子（同前）

臣竊以館閣之職號為育材之地今兩府闕人則必取於兩制（翰林學士謂之內制中書舍人知制誥謂之外制今并雜學士待制通謂之兩制）兩制闕人則必取於館閣然則館閣輔相養材之地也材既難得而又難知故當博採廣求而多畜之時冀一得於其間則傑然而出為名臣矣其餘中人以上優游養育以獎成之亦不失為佳士也自祖宗以來所用兩府大臣多矣其間名臣賢相出於館閣者十常八九也祖宗用人初若不精然所采既廣故所得亦多也是以有文章有學問有材有行或精於一藝或長於一事者莫不畜之館閣而獎養之其傑然

而出者皆爲賢輔相矣其餘不至輔相而爲一時之名臣者亦不可勝數也先朝循用祖宗舊制收拾養育得人尤多自陛下即位以來所用兩府之臣一十三人而八人出於館閣此其驗也只自近年議者患館職之濫遂行釐革而改更之初矯失太過立法既峻取人遂艱使下多遺賢之嗟國有乏材之患今先朝收拾養育之人或已被遷擢或老病死亡見在館者無幾而新法艱阻近年全無選進臣今略具館閣取人舊制并新格則可見取人之法如何所得之人多少也

一舊制館閣取人以三路進士高科一路也大臣薦舉一路也歲月疇勞一路也進士第三人以上及第者并制科及第者不問等第並只一任替回便試館職進士第四第五人經兩任亦得試此一路也兩府臣寮初拜命各舉三兩人即時召試此一路也其餘歷任繁難久次或寄任重處者特令帶職此一路也今三路塞其二矣自科場改爲間歲後第一人及第者須兩任回方得試自第二人至第五人更永不試制科入第三者亦須兩任回方得試先朝五七次科場未有一人中第三等

者其餘等第並永不試則進士高科一路已塞矣兩府大臣所薦之人並只上簿候館職有闕則於簿内點名召試其如館閣本無員數無有闕時故自置簿來至今九年不曾點試一人則太臣薦舉一路又塞矣惟有疇勞帶職一路尚在爾

一新制館閣共置編校八員本爲館中書籍久不齊整而館職多别有差遣不能專一校正乃别置此八員故選新進資淺人令久任而專一校讀所以先令作編校二年然後升爲校勘（正館是校勘未）

職爲校勘四年後升爲校理始是館職正爲校理又一年方罷編校別任差遣然自置編校後適值館閣取人之路漸廢今議者遂只以編校爲取士新格往時直館直院直閣校理皆無定員惟材是用不限人數今編校限以八員爲定以此待天下之多士宜其遺材於下矣八員之內仍每七年方遇一員一有之字闕而補一人以此知天下滯材者衆矣

右以臣愚見編校八員自可仍舊每有員闕令中書擇人進擬陛下必欲牢籠天下英俊之士則宜脫去

常格而奬拔之。今負文學、懷器識、磊落奇偉之士，知名於世而未爲時用者不少，惟陛下博訪審察，悉召而且置之館職，養育三數年間，徐察其實，擇其尤者而擢用之。知人，自古聖王所難，然不以其難而遂廢，但拔十而得一二，亦不爲無益矣。況中人上下，養育奬成之，不止十得一二也。

薦司馬光劄子 治平四年

臣伏見龍圖閣直學士司馬光，德性淳正，學術通明，自列侍從，久司諫諍，讜言嘉話，著在兩朝。自仁宗至和服藥之後，羣臣便以皇嗣爲言，五六年間，言者雖多而未有定議最後光以諫官極論其事數陳激切感動主聽仁宗豁然開悟遂決不疑由是先帝選自宗藩入爲皇子曾未踰年仁宗奄棄萬國先帝入承大統盖以人心先定故得天下帖然今以聖繼聖遂傳陛下由是言之光於國有功爲不淺矣可謂社稷之臣也而其識慮深遠性尤慎密光既不自言故人亦無知者臣以忝在政府因得備聞其事臣而不言是謂蔽賢掩善詩云無言不酬無德不報光今雖在侍從日承眷待而其忠國大節隱而未彰臣既詳知不敢不奏

青州

言青苗錢第一劄子 熙寧三年

臣伏見朝廷新制俵散青苗錢以來，中外之議皆稱不便，多乞寢罷，至今未蒙省察。臣以老病昏忘，雖不能究述利害，苟有所見，其敢不言。臣今有起請事件，謹具畫一如後：

一、臣竊見議者言青苗錢取利於民為非，而朝廷深惡其說，至煩聖慈（一作聽）命有司具述本末，委曲申諭中外，以朝廷本為惠民之意。然告諭之後，搢紳之士論議蓋多，至於田野之民蠢然固不知周官泉府爲何物但見官中放債每錢一百文要二十文利爾是以申告雖煩而莫能諭也臣亦以謂等是取利不許取三分而許取二分此孟子所謂以五十步笑百步者以臣愚見必欲使天下曉然知取利非朝廷本意則乞除去二分之息但令只納元數本錢如此始是不取利矣蓋二分之息以爲所得多耶固不可多取於民所得不多耶則小利又何足顧何必以此上累聖政

臣檢詳元降指揮如災傷及五分已上則夏料

青苗錢令於秋料送納秋料於次年夏料送納
臣竊謂年歲豐凶固不可定其間豐年常少而
凶歲常多今所降指揮盖只言偶然一料災傷
爾若連遇三兩料水旱則青苗錢積壓拖欠數
多若纔遇豐熟却須一併催納則農民永無豐
歲矣至於中小熟之年不該得災傷分數合於
本料送納者或人户無力或頑猾拖延本料尚
未送納了當若令又請次料合俵錢散一作數則
積壓欠一作轉多必難催索臣今欲乞人户遇災
傷本料未曾送納者及人户無力或頑猾拖延

不納者並更不支俵與次料錢如此則人户免積壓拖欠州縣免鞭朴催驅官錢免積久一作欠失陷

一臣竊聞議者多以抑配人户爲患所以朝廷屢降指揮丁寧約束州縣官吏不得抑配百姓然諸路各有提舉管勾等官往來催促必須盡錢俵散而後止由是言之朝廷雖指揮州縣不得抑逼百姓請錢而提舉等官又卻催促盡數散俵故提舉等官以不能催促盡數散俵爲失職州縣之吏亦以俵錢不盡爲弛慢不才上下不

得不遑相督責者勢使之然各不獲已也由是言之理難獨責州縣抑配矣以臣愚見欲乞先罷提舉管勾等官不令催督然後可以責州縣不得抑配其所俵錢取民情願專委州縣隨多少散之不得（一作必）須要盡數亦不必須要闔縣之民戶戶盡請如此則自然無抑配之患矣

右謹具如前臣以衰年昏病不能深識遠慮所見目前止於如此然而青苗之議久已喧然中外群臣乞行寢罷者不可勝數其所陳久遠利害必已詳盡而無遺矣一日陛下赫然開悟悉採群議追還新制一

切罷之以便公私天下之幸也若中外所言雖多猶未能感動天聽則見行不便法中有此三事尤繫目下利害如臣晝一所陳伏望聖慈特賜裁擇令取進止

言青苗第二劄子同前

臣近曾奏爲起請俵散青苗錢不便事數內一件乞遇災傷夏料未納及不係災傷人户頑猾拖欠者並更不俵散秋料錢數至今未奉指揮臣勘會今年二麥纔方成熟尚未收割已係五月又合俵散秋料錢數竊緣夏料已散錢尚未有一户送納若又俵散秋

料錢竊慮積壓拖欠狂有失陷官錢臣已指揮本路諸州軍並令未得俵散秋料錢別候朝廷指揮去後（一作訖）臣伏思除臣近所起請災傷未納及人户拖欠不納者乞且不俵次料一事外臣今更有愚見不敢緘默臣竊見自俵青苗錢已來議者皆以取利爲非朝廷深惡其説遂命所司條陳申諭其言雖煩而終不免於取利然猶有一説者意在惠民也以臣愚見若夏料錢於春中俵散猶是青黄不相接之時雖不户户闕之然其間容有不濟者以爲惠政（一作濟）尚有説焉（一作可説）若秋料錢於五月俵散正是蠶麥成熟人

户不乏之時何名濟闕直是放債取利爾若二麥不熟則夏料尚欠豈宜更俵秋料錢使人户積壓拖欠以此而言秋料錢可以罷而不散欲望聖慈特賜詳擇伏乞（一無八字）早降指揮令取進止

舉宋敏求同知太常禮院劄子 嘉祐二年

臣等勘會同知太常禮院張師中近被朝命差充兩浙提點刑獄伏見太常丞集賢校理宋敏求文學該贍多識故事家藏古今書史禮樂制度記傳尤多禮官博士每有所疑多就之質證其人見是知州差遣資望不淺臣等今保舉欲乞就差充同知太常禮院

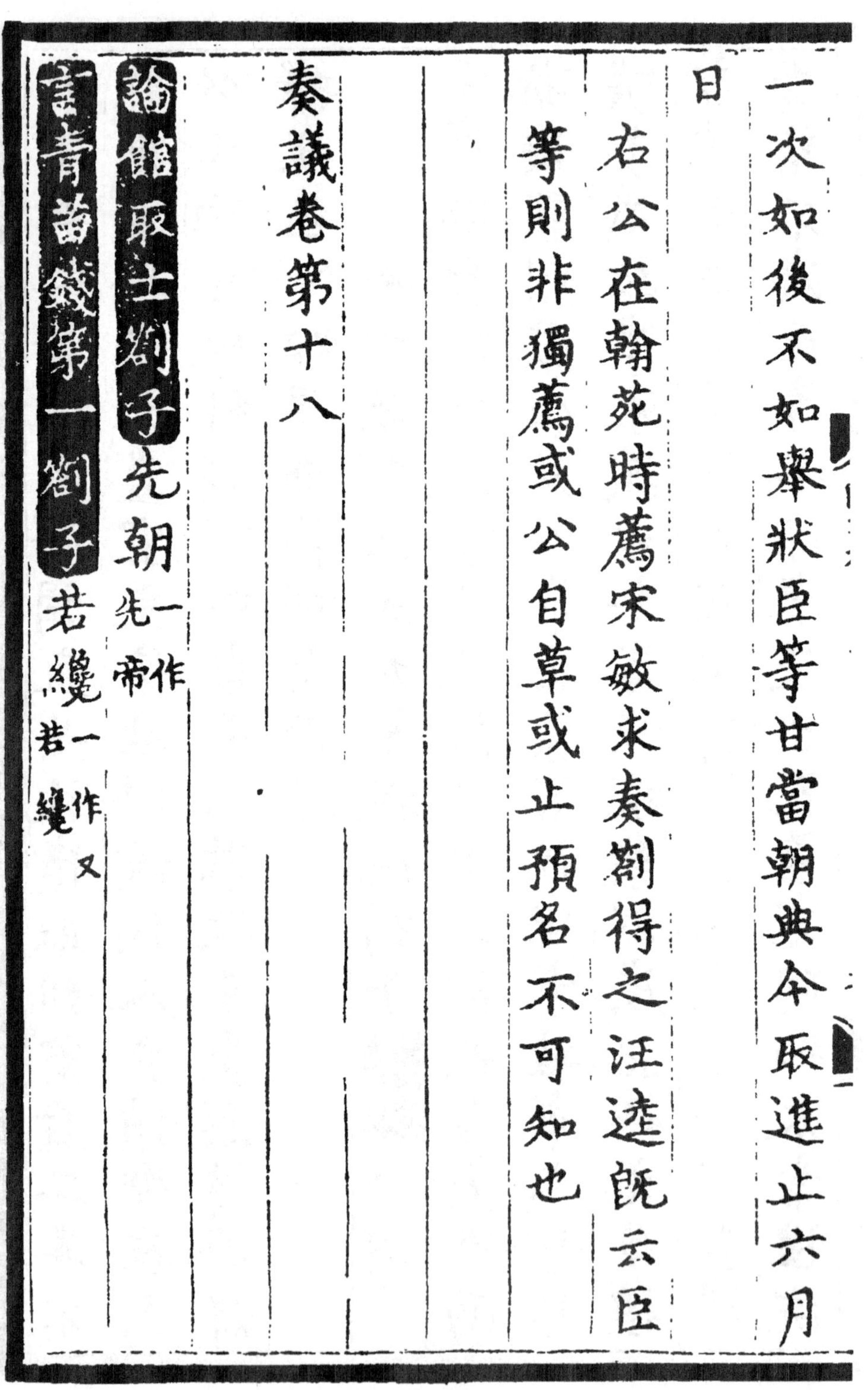

一次如後不如舉狀臣等甘當朝典今取進止六月日

右公在翰苑時薦宋敏求奏劄得之汪逵既云臣等則非獨薦或公自草或止預名不可知也

奏議卷第十八

論館職取士劄子先朝一作先帝

言青苗錢第一劄子若纔一作又若纔

公奏議十八卷總一百六十三篇仁宗實録李燾長編因事而書者八十有八其間論唃廝囉者一論陳泊王倫水洛城者再論修河者三以校集本類多增損蓋自古史官往往於制誥奏疏時有修潤長編則又本之實録故其語欲簡其事欲首尾相貫此其所以異同比公元文殊不敷暢當以集爲正

奏議雖以年月編次間有論事在前降旨在後尚或疑混未能盡正覽者詳之

衢州刻公奏議十八卷如辭免遷轉丐去乞休致

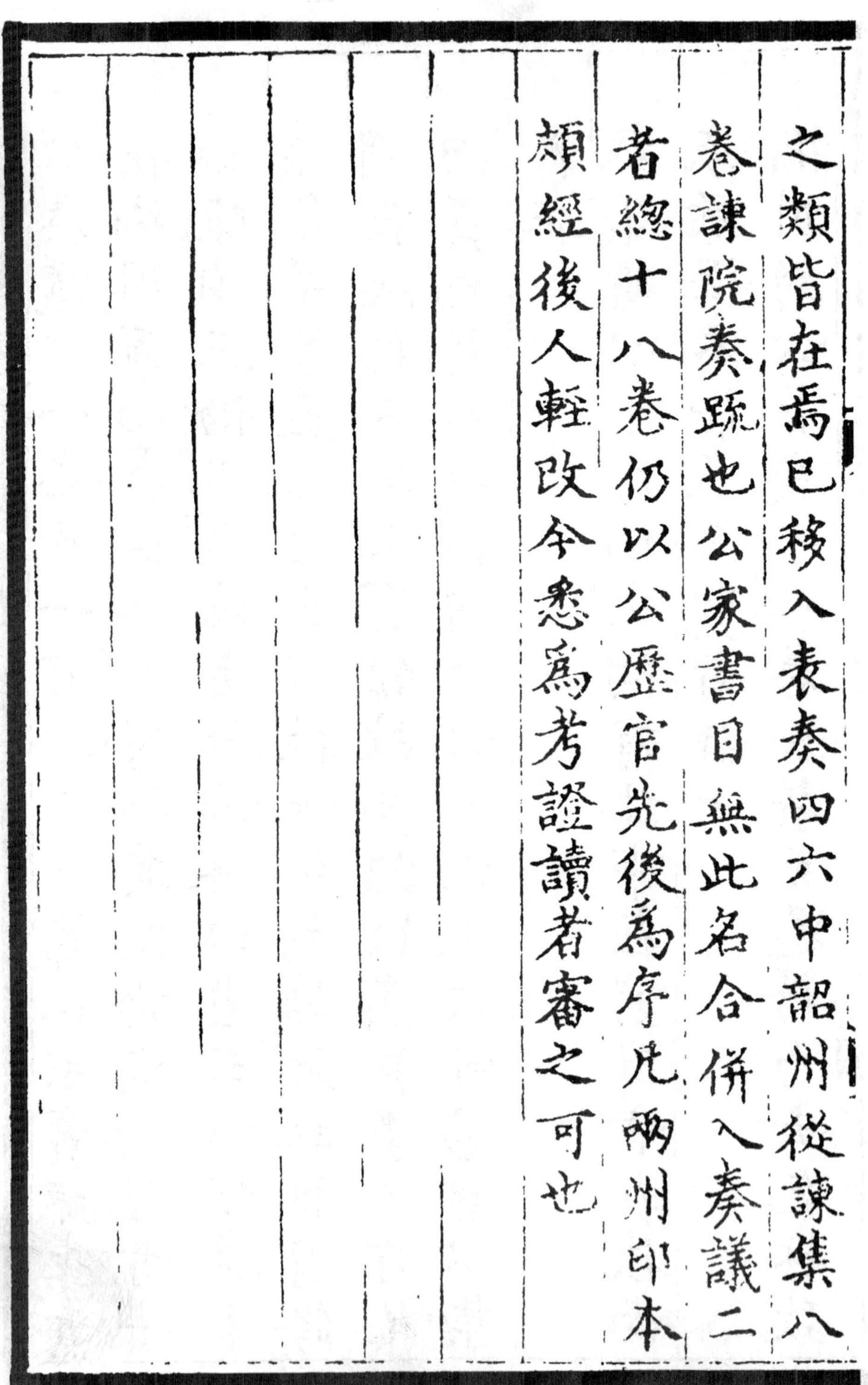

之類皆在焉已移入表奏四六中韶州從諫集八卷諫院奏疏也公家書目無此名合併入奏議二十卷總十八卷仍以公歷官先後爲序凡兩州印本類經後人輕改今悉爲考證讀者審之可也